초목은 이렇게 살라 하고

초록은 이렇게 살라 하고

펴낸날. 2018년 11월 26일

지은이. 우동식
펴낸이. 박찬익
편집장. 황인옥
책임편집. 강지영

펴낸곳. ㈜박이정
주소. 서울시 동대문구 천호대로 16가길 4
전화. (02)922-1192~3
팩스. (02)928-4683
홈페이지. www.pjbook.com
이메일. pijbook@naver.com
등록. 2014년 8월 22일 제 305-2014-000028호

ISBN. 979-11-5848-405-7 (03810)

* 책값은 뒤표지에 있습니다.

草木

초목은
이렇게
살라 하고

우동식 수필집

(주)박이정

화사한 벚꽃이 지는가 싶더니 대단한 폭염이 뒤를 이었다가 철 늦은 비와 함께 성큼 가을이 다가왔습니다. 마음은 아직도 어리기만한데 객관적 세월은, 믿어지지 않는 사이에 하염없이 흘러 어느새 '진갑(進甲)'에 이르렀습니다. 자연스럽게 건강을 위해 인근 산을 오르기 시작했습니다. 그러다 산책길에서 가지를 쭉쭉 뻗은 소나무 한 그루를 발견했습니다. 아주 크지는 않지만 그 나무의 풍아(風雅)한 멋이 인상 깊게 다가오는 요즘입니다.

어느 덧 등단한 지도 25년이 흘러가고 있습니다. 그간 글을 쓴다고 하면서도 뚜렷한 흔적이 없어 부끄럽기도 합니다. 이에 살아온 날들을 되돌아보며 정리의 매듭을 한번 지어봐야 겠다는 용기를 내게 되었습니다.

지금까지 써서 모은 글들을 살펴보니 크게 '생활(生活)', '여행(旅行)', '초목(草木)'의 세 가지 소재로 구분할 수 있을 것 같습니다. 그리하여 제1부는 '겪으며 깨닫고', 제2부는 '듣보며 느끼고', 제3부는 '초목은 이렇게 살라 하고'라고 구분하였습니다. 그리고 표제는 가장 애착이 가는 제3부의 제목으로 정했습니다.

　원고를 다듬다가 문득 등단 당시 저에게 영광을 안겨 준 수필 전문지에 써낸 에세이스트 당선 소감의 한 구절을 떠올렸습니다.

　"나의 수필은 내 수양(修養)의 화단에 피어나는 소담스런 꽃들이고 싶다. … 더욱 안으로 삭이면서 쉽사리 꽃망울을 터뜨리지 않으리라는 다짐으로 보답하고 싶다."

그렇게 희원(希願)했건만 그것은 지키기에 턱없는 초심(初心)이 되지 않았나 싶습니다.

　이제 서툴고 부족한 모습으로나마 저의 분신(分身)들을 세상으로 내보내려니 대견스럽기도 하고 두렵기도 합니다. 그러기에 독자 여러분의 질정(叱正)과 성원(聲援)을 아울러 바라고 싶습니다.

　출간에 즈음하여 과분한 작품평을 써주신 박양근 문학평론가님과 산만한 초고를 단아한 책으로 엮어주신 박이정출판사의 박찬익 사장님께 깊은 감사를 드립니다.

2018. 10.
금오산 기슭 동련제(東蓮齊)에서
청류림(淸流林) 우동식

차례

제1부
겪으며 깨닫고

뒷모습

일전에 이런 우스개 수수께끼를 들은 적이 있다. '도둑이 도망을 가다가 왜 뒤를 돌아볼까요?' 그 대답은 이것이었다. '뒤에 눈이 없기 때문에'.

이처럼 사람의 눈이 앞에만 있기 때문에 일어나는 일도 더러 있을 법하다. 내게도 이발소에서 겪은 이런 체험이 하나 있다.

겨울 방학이 되어 느긋한 마음으로 여성 헤어디자이너들이 주로 일하는, 남성 전용 이발소를 찾았다. 전에도 두어 번 가보았지만 서비스가 좋고 친절하다는 인상을 받은 적이 있다.

이번에도 감기 끝이라 기침을 하곤 하는 내게 담당 디자이

　　　　　　　　　　　초목은 이렇게 살라 하고

너가 따스한 녹차를 한 잔 타 주었다. 그리고 내가 특별히 주문을 하지 않아도 적절하게 앞뒤 균형을 맞추어 가위질을 열심히 하였다.

그런데, 이발을 마칠 무렵이었다.

"뒷머리도 이 정도로 깎으면 되겠어요?"

하면서 둥근 손거울을 하나 더 가져 와서 내 뒷머리 모습을 비추는 것이었다. 난 어느 정도 정리가 된 듯하여 마무리를 해 달라고 했다. 그러다가 문득 뒷머리의 왼쪽 정수리 부위에 허옇게 드러나는 부분을 보았다. 난 적이 놀라는 목소리로 혼잣말처럼 중얼거렸다.

"아이쿠, 저기가 왜 저래?"

"어머, 이제 처음 알았어요?"

디자이너가 의외라는 듯이 물었다.

"글쎄요, 뒤를 잘 안 보니까⋯⋯."

"아, 사모님 거울이라는 게 있잖아요? ⋯ 그리고, 나이 들면 뒷모습도 가끔 볼 필요가 있어요!"

디자이너는 또 이렇게 말하는 것이었다.

그 말을 듣는 순간 난 정신이 번쩍 드는 느낌을 받았다. 가끔 아내가 탈모(脫毛)가 생기고 있으니 머리 감을 때 조심하라, 혹은 대머리 되면 싫어할 거라는 등으로 경고를 하곤 했지만, 그 말을 대수롭지 않게, 흘려 들은 것이 사실이다.

그러면서 여태껏 나는 거울에 비친 앞모습만 보고서 나와 탈모는 아직 상관없는 것이라 여겼다. 더구나 옛날 동기들이나 오래 전에 같이 근무했던 동료들을 만나면 어찌 그리 변함없이 그대로이냐고 말하곤 하기에 나도 은근히 수긍하면서 자랑스럽게 여겨왔던 터이다.

그러나 그것은 다만 나의 착각이었음을 받아들이지 않을 수 없었다. 그러면서 한편으로는 일말의 허탈함과 쓸쓸함의 물결이 가슴을 적시는 것이었다. 하기야 흐르는 강물을 그 누가 멈추게 할 수 있으랴!

몇 해 전 봄이었다. 교정(校庭)의 운동장 가장자리에 핀 민들레꽃들이 푸른 클로버 잎들 사이에서 하얀 홀씨를 날리기 시작할 무렵, 미셸 투르니에의 '뒷모습'이라는 책을 보게 되었다. 이 책은 제목 그대로 프랑스의 사진작가 에두아르 부바가 사람들의 뒷모습을 주제로 찍은 다양한 사진에 해설을 덧붙인 수필 모음집이었다.

작가는 내게 말해 주었다. "머리털은 뒤에서 보는 것임을 누군들 모르겠는가? 정면에서는 얼굴이 자리를 독차지하고 관심을 끌기에 한갓 사진틀인 양 위와 왼쪽, 오른쪽으로 밀려난 머리털은 얼굴을 돋보이게 하는 데밖에는 존재 이유가 없네."

그렇다. 진실은 뒷모습에 있었던 것이다. 뒷모습이야말로 아침, 저녁으로 스킨이나 로션으로 화장하지 않은 원래 '그저 그렇게 존재하는 세계'로서의 본 모습인 것이다. 우리가 선거 때마다 보았듯이, 선거공보 표지에서 환하게 웃고 있는 후보자들의 얼굴 뒷장에는 어두운 이력들이 쑥스럽게 자리 잡고 있는 경우도 있지 않았던가.

어쩌면 나의 뒷모습도 감추기 어려운 내 생(生)의 취약성일 수 있다는 걸 깨닫는다. 이제 이순(耳順)의 초입(初入)에 이른 내 삶의 궤적이 뒷머리에 숨어 있는 것이니, 그것을 바라보지 못하는 것은 나의 어리석음이요, 자만(自慢)이 아니던가. 그것은 의식으로든 무의식으로든 감추고 싶었던 나의 '빈틈'이었는지도 모른다.

그런데 내가 발견하지 못한 나의 뒷모습이 어찌 이쁘이겠는가? 근무처를 옮길 때마다 내가 해놓은 일들에 허점이 많이 숨어 있으리라. 아니, 참으로 우리가 신경 써야 할 일은 종국(終局)에 이 세상에서 자취를 감출 때 남겨지는 뒷모습이 아닐까.

오늘을 사는 나의 모습 하나하나가 훗날 다른 사람들의 거울에 비칠 것을 생각해 보는 것은 두려운 일이다. 그러나 이러한 뒷모습에 대한 두려움은 오히려 우리의 삶에 적절한 긴장감과 진정성, 그리고 겸허함의 가치를 심어주는 힘이 되기도 하지 않을까? 그리하여 그 힘은, 부디 앞으로 나의 허점이 새롭게 발견되어도 스스로에게 덜 부끄러운 진실이 되게 하는 원천(源泉)이기를 소망하고 싶다.

문득, 나이 들면 가끔 거울로 뒷모습을 볼 필요가 있다는 헤어디자이너의 말이 귓가를 스친다.

초목은 이렇게 살라 하고

실수의 멋

'인생의 묘미(妙味)'라는 김소운의 수필에는 ㄱ씨의 바둑판 이야기가 나온다. 훌륭한 것을 일급품이라 하거니와 특히 표면에 머리카락만한 가느다란 흉터가 보이면 그것이 특급품이라는 것이다. 언제부턴가 이 바둑판 이야기가 새삼스럽게 공감과 위로의 의미로 내게 다가오는 것은 무슨 연유일까.

재작년 봄, 중학교 동기의 자녀 결혼식에 참가했을 때의 일이다. 회장 직책을 맡고 있던 터라 식당에서 권커니 잣거니 하며 돌림 술을 너무 많이 마신 탓에 동기들에게 좋지 않은 모습을 보이게 되었다. 나중에 들어서 안 일이지만, 그 다음 노래방으로 옮겨서 다른 종류의 술을 더 마시고는 의식을 잃은 채 주저앉고 만 것이었다. 그런데 대부분의 동기들이 '평소 늘 반듯한 모습만 보이다가 흐트러진 모습을 보니 즐겁다.'는 반응을 보였다고 했다.

이와는 달리 정신이 멀쩡한 상태에서도 어이없이 실수를 해 버린 경우도 있었다. 몇 해 전, 직원 산악회에서 영덕 칠보산을 오른 적이 있었다. 휴양림을 출발하여 등운산을 경유, 칠보산 정상에 갔다가 출발지로 되돌아오는 여정이었다. 그런데 칠보산에서 다시 내려올 때, 나와 동료 한 사람이 함께 가다가 그만 길을 잘못 들어 휴양림에서 7㎞나 떨어진 유금사(有金寺)로 내려오게 되었다. 두 사람이 '유금치'라는 갈림길에서 분명히 팻말의 방향을 확인하고 왔는데도 엉뚱한 길로 접어들고 만 것이었다. 결국 다른 동료들이 승용차로 데리러 오는 수고로움을 끼치게 되어 내심 부끄럽기 짝이 없었다. 그런데, 돌아와서 들은즉 아무도 내가 옆길로 갔으리라는 생각은 안 했고, 같이 간 한 사람만 없어졌다고 찾으려 했다는 것이었다. 아뿔싸! 평소에 좀 어수룩한 모습을 보여 주었다면 오히려 저런 일은 없었을 걸 하는 생각도 들었다.

한편, 때에 따라서는 일부러 표 나지 않게 하는 실수가 필요

할 때도 있다. 벌써 20여 년 전의 일로 기억된다. 이웃 학교 교사들과 9인제 친목배구대회를 하게 되었다. 우리 남자팀과 여자팀이 모두 한 번씩 이긴 상태에서 두어 잔 술로 상호 인사를 나누었다. 그리고 상대편의 오기 어린 제안에 따라 남자팀끼리 한 번만 더 겨루게 된 상태였다. 15대 20으로 우리 팀이 진 상태에서 나의 서브 차례가 돌아왔다. 이후 우리 편이 계속 득점을 하였고, 급기야 20대20 듀스 상황에서 우리 팀이 1점을 선취한 상태에까지 이르게 되었다. 그때 나는 다시 안전 서브를 성공시켰다. 다음 순간 상대편의 실수로 게임은 끝나고 말았다.

다시 술잔을 더 나누는 시간을 가졌으나 어쩐지 분위기가 침체되어 있었다. 돌아오는 길에 선배 선생님 한 분이 의외로 이런 지적을 해 주셨다.

"우 선생, 마지막 서브는 실수하지 않은 게 실수란 말이야!"

한참 뒤에야 나는 '아차!' 하는 생각이 들었다. 자신 때문에 졌다는 말을 듣기 싫어하는, 소극적이고 자기방어적인 책임의식에 너무 연연했던 스스로를 발견했을 때 비로소 후회스러운 마음이 스르르 가슴을 적셔 왔다.

이제 이순(耳順)의 고개를 넘어서면서도 상황에 어울리게나 자신을 둘러 싸매고 있는 긴장의 끈을 푸는 일이 쉽지만은 않은 듯하다. 그러기 위해선 마음의 여유를 더 가꾸어 가야 하리라는 생각이 든다.

그런가하면 또한 모든 사람이 모든 상황에서 실수를 곱게 보아 주는 것은 아니라는 것도 염두에 둘 일이라 여겨진다. 특히, 공적인 자리거나 친밀하지 못한 사람들끼리의 모임에서는 날을 세우는 시선도 없지 않기 때문이다.

결국 품위를 잃지 않는 '균형 속의 파격' 같은 실수가 멋으로 이어지는 것이 아닐까? 모두 가지런한 가운데도 아랫니 하나가 비스듬한 내 앞니의 치열처럼, 일곱 개의 서브 중에 하나쯤은 상대를 위하여 눈에 거슬리지 않게 사이드라인 바깥으로 쳐내는 실수를 할 줄 아는 자만이 인생의 묘미를 깨달았다 할 것이다.

인생의 바둑판도 작은 흉이 있어야 오히려 멋이 있나 보다.

이순(耳順) 이제(二題)

하심(下心)

몇 해 전 여름 관내 교장 연수단 일행이 전북 부안군 내소사(來蘇寺)를 방문했을 때의 일이다. 이 절 대웅보전(大雄寶殿)으로 오르는 입구 계단 위에는 시선을 끄는 구부러진 나무 한 그루가 있었다. 오른쪽에서 왼쪽을 향하여 거의 직각으로 몸을 낮춘 채 공손하게 절을 하는 자태를 보이는 소나무. 그 경건한 분위기에 압도되어 나도 몰래 고개를 숙이며 절 마당으로 들어서게 되었다.

다음 순간 불전(佛典)에 전하는 불경보살(不經菩薩) 이야기가 떠올랐다. 흔히 부처의 다른 이름을 '능인(能忍)'이라고 하거니와 불경보살은 온갖 비난과 박해를 아랑곳하지 않고 사람들에게 예배행을 하고 다녔다고 한다. 그가 그러한 수행을 실천한 이유는 사람들 모두가 불성(佛性)을 지녔기에 진심을 다해 존경한다는 뜻을 표하기 위해서이다.

그리고 몇 해 전 해인사 '소리길'을 걷다가 길을 가로지르는 나무 가지에 달아둔 '하심(下心)'이란 팻말을 본 기억이 났다. 그 나무 가지는 제법 낮게 드리워져 있어서 어른들이 지나갈 때에는 저절로 머리를 수그리게 되어 있었다. 길을 낸 사람이 그런 곳에 이 말을 써 붙여 머리가 부딪치는 것을 조심하라는 뜻과 함께 몸가짐의 미덕을 넌지시 전하는 지혜에 박수를 쳐 주고 싶었다.

내소사(來蘇寺)의 그 소나무를 보며 불경보살의 이미지와 해인사 '소리길'의 그 팻말이 새겨준 기억의 여운이 되살아나는 것은 왜일까? 이제 이순(耳順)의 문턱에 들어서면서 조금씩이나마 마음의 중심을 내려놓는 삶의 의미에 눈을 떠가는가 싶기도 하다.

초목은 이렇게 살라 하고

전지(剪枝)

재작년 후학기였다. 근무하던 학교 건물 외벽 새 단장을 마무리했다. 그러고 나니 교목인 커다란 개잎갈나무가 서편 건물의 아름다운 맵시를 가리는 모습이 두드려져 보였다. 이 나무는 키는 우뚝 커 올랐지만 모양은 옳게 잡히지 않았다. 그래서 수형 밑자리 잡기를 위해 전지(剪枝)를 하기로 했다.

전체 줄기들의 높이를 가지런히 하면서 유리 잔 혹은 U자형 소리굽쇠 모양의 자태를 갖추도록 조경 담당자에게 부탁했다. 이것은 앞으로 이 교목이 최적의 생명 상태를 갖추기 위한 배려라고 여겼다.

하지만 막상 웃가지들이 잘린 교목을 보니 어쩐지 안쓰럽기도 하다. 다음 순간 후반기 인생 30년을 더 잘 살기 위해 부리를 새롭게 갈고 발톱을 뽑아낸다는 솔개의 모습이 연상되는 것은 왜일까.

생각해 보면 보면 나뭇가지만이 아니라 우리네 삶에도 연륜이 쌓이면 정리해야 할 가지들이 있기 마련일 테다. 이순(耳順)을 맞으며 내 인생의 나무에도 솎아야 할 잔가지들이 조금씩 보이기 시작한다. 이제 나의 인생도 그림자의 시대를 벗어나 본연의 사명을 자각하는 발적현본(發跡現本)의 시대를 맞이하고 싶다.

　새 봄을 보내고 한여름을 지나 가을로 접어든 지금 그 개잎갈나무 교목의 모습이 궁금하다. 아직은 뼈대만 드러낸 모습이 앙상하게 보이기도 하겠지만, 세월이 흐를수록 멋있는 체형을 갖춘, 울창한 동량(棟梁)으로 변신할 것이라 기대해 본다.

오징어 아줌마 예찬

'인생을 예술처럼 살라' 하는 말이 있다. 이 때 예술이란 아마도 일의 정성스러움을 통해 실현된다고 보는 것이 현실적이 아닐까 싶다. 곧, 자신이 하는 일에 최고의 성실을 투자하여 완벽한 작품을 만들어 내고자 하는 마음속에 예술혼이 담겨있다고 보면 어떨까. 이렇게 생각하다 보면 내게 떠오르는 사람들이 있다. 그들은 바로 울릉도에서 오징어를 건조하는 아줌마들이다.

우리가 말로만 익히 들어온 울릉도 오징어, 그 건조 과정엔 실로 많은 손길이 필요하다. 그 공정을 작게 구분 동작으로 나눈다면 스무 가지 정도에 가까울 것 같다.

울릉도의 오징어 아줌마들의 남편, 곧 어부들은 오후 4시가 되면 낮의 선잠에서 깨어나 출어(出漁) 준비를 한다. 아내와 자녀들이 곤히 잠드는 시각에도 어부는 내일에의 꿈과 소망을 집어등(集魚燈)에 가득 담아 둔 채 채낚기를 돌려 오징어를 거둔다.

졸리는 눈을 달래며 병풍 같은 섬에 해가 비칠 무렵이 되어서야 배를 몰아 부두에 닿으면, 밤새 마음 졸이며 기다리던 아줌마들이 이들을 반갑게 맞아들인다. 아줌마들의 첫 작업은 '할복'으로서 배를 따서 속을 비운 오징어들을 대나무 꼬챙이에 20마리씩 꿰어 묶는 일이다. 그리고 나서 그들은 어느새 유격장의 숙달된 조교인양 20명의 오징어 병사들에게 목봉 체조를 시키듯 들었다 놓았다 하면서 그 질 좋은 울릉도의 물로 깨끗이 몸을 씻긴다.

이어 아줌마들은 20마리를 단위로 한 축 한 축씩 그대로 덕장으로 이동시켜 제1차 말리기 과정에 들어가게 된다. 물기가 다소 걷힐 무렵이면 그들은 또 잽싸게 다가와 다리 바로 위 부위, 말하자면 치마 폭 부분이 쫙 펴지도록 양쪽 끝에 작은 대나무 버팀목을 끼워 넣는데, 현지에서는 이 과정을 '탱계친

초목은 이렇게 살라 하고

다.'라고 한다. 기다랗고 가느다란 버팀목을 경험으로 터득한 눈썰미로 알맞게 잘라 '탱게치는' 이 일의 빠르기야말로 오징어 아줌마들이 지닌, 숙련공으로서의 기술이 아닌가 싶어 감탄을 금할 수 없다.

물기가 다 걷힐 무렵이면 그들의 손길이 이번엔 '귀' 부위로 모아진다. 우선은 날렵한 귀를 뒤로 살짝 제치는 일, 곧 '뒤베는' 작업을 하는 것이다. 이 '귀 뒤베기'는 귀의 앞과 뒤쪽을 잘 말리기 위한 것이라 한다.

다음 손질의 부위는 발이다. 오징어 미녀를 멋있게 가꾸기 위해서는 이 발 손질도 빠뜨릴 수 없다. 발이 서로 엉켜 붙어서는 몸매에 지장이 있으므로 서로 떼어 주어야하는데, 이것이 소위 '발 떼기' 순서인 것이다. 이렇게 되면 전체적으로 어느 정도 몸의 윤곽이 잡힌 셈이지만, 아직은 멀었다.

다시금 아줌마들의 손은 멋의 포인터라 할 '귀 세우기'에 바쁘다. 곧 지난 번 뒤로 제쳤던 귀를 이제 원래대로 바로 세워야하는 것이다. 그러고 보면 아줌마들에게 실로 성가신 존재가 오징어 아가씨의 귀라 할 수 있으리라. 배를 딸 때도 손에 걸려 불편하게 할 뿐만 아니라, 뒤로 제쳤다 바로 세우는 등 가장 많은 손길을 필요로 하는 부위이기 때문이다. 그러나 이 아가씨들의 멋은 또 귀에 있으니 괄시 못할 존재이기도 한 것이다.

이처럼 오징어 아가씨의 몸매를 멋있게 가꾼다는 것은 쉬운 일이 아니다. 지금까지의 손질 중에 쫙 펴지지 못해 쪼그려 든 몸을 다시 펴야하는 '훑기' 과정이 필요하다. 이 단계에서 성형(成形)이 된 그대로 반으로 접어서 제2차 말리기인 '널기'에 들어가게 되므로, 사실상 몸매의 멋을 가꿀 수 있는 핵심 공정이라 할 만하리라. 이때, 오징어 아줌마들은 혹은 다리미를 든 재봉사의 역할을 하기도 하고, 때로는 칼을 든 외과 전문의사가 되기도 하면서 그들의 성형술(成形術)을 마음껏 발휘하는 것이다.

제2차 말리기가 끝나면 어부와 아줌마는 이제 오징어 아가씨들을 규방(閨房)으로 불러들인다. 한동안 마음 설레며 규방에서 기다리던 오징어 미녀들을 다시금 20명씩 짝을 맞추어 묶어내는데 이를 '축 짓기'라 한다. 그러다 여기저기에서 중매가 들어오는 대로, 어부와 아줌마들은 다 자란 딸들을 시집보내는 심정으로, 지금까지 밤을 잊고 낮을 벗 삼던 수고도 잊은

초목은 이렇게 살라 하고

채 오징어 아가씨들을 떠나보내는 것이다.

이렇게 많은 과정을 거쳐 청정 오징어를 생산하여 육지인들의 구미를 돋우는 상품을 내놓는 울릉도의 아줌마들에게 우리는 경의를 표하지 않을 수 없다. 그러면서 오징어 건조 과정은 이렇듯 정성에서 우러나는 아름다움이란 걸 발견하는 것은 놀라운 기쁨이라 하겠다.

삶이란 일하는 것이고, '삶에 충실한 모든 몸은 아름답다.'면, 일에 충실한 오징어 아줌마들이야말로 스스로 아름다운 몸의 주인공이 아니랴. 그러기에 어느 사진작가는 말했던가. '노동으로 다져진 몸매가 가장 아름답다.'고.

오징어 아줌마, 그들은 땀을 빼내는 '헬스클럽'이 필요하지 않다. 그렇다. 그들은 숙련된 노동의 과정에서 저절로 날씬해진 몸매를 지녔기에, 오징어도 그들의 닮은꼴로 멋있게 건조해 내는 미(美)와 멋의 조련사인 것이다. 그리고 그들은 신성한 노동을 통하여 지역 경제를 떠받치는 진정한 살림꾼이다.

신비의 섬, 울릉도의 오징어 아줌마들에게서 숙련된 노동의 아름다움과 멋을 여실히 느껴 본다. 그들에게 길이 영광 있으라!

텃밭 삼제(三 題) Ⅰ

떡잎과 본잎

올봄에 지인(知人)으로부터 금오산 기슭에 조그만 텃밭 하나를 얻었다. 그 밭을 일구고 둔덕을 만들어 배추씨를 넣었다. 2주일이 되었을 때쯤이었다. 아내가 배추 모종이 너무 촘촘하니 솎아 주자고 했다. 연약하고 노란 배추 모종을 아내는 솎아내고 나는 그것을 다듬었다.

그런데 뽑아 올린 배추 모종의 양 옆으로 좀 더 옅은 빛의 작은 부채 모양, 혹은 은행잎 같은 잎이 가운데 큰 줄기를 감싸고 있는 것처럼 돋보였다. 아내는 먼저 그것을 따고 뿌리도

초목은 이렇게 살라 하고

잘라내야 한다고 했다.

'이게 뭔데 왜 뜯어내느냐'는 듯 머뭇거리는 나에게 아내는 "그게 떡잎이야!" 하며 대수롭지 않게 말하는 것이었다.

"떡잎이라! 그런데 왜 이렇게 조그맣고 초라하지?"

나는 혼잣말처럼 중얼거렸다.

자세히 보니 이미 양기가 빠져버려 풀이 없어 보이는 모습이어도 떡잎들은 본잎을 감싸는 팔을 내려놓은 적이 없고, 내릴 생각도 없는 듯하다. 이대로 종이처럼 창백하게 말라죽을지언정…….

대개 식물은 본잎이 자랄 만큼 자라면 떡잎은 마르기 마련이다. 이것은 자연스런 현상이다. 거꾸로 말해 본잎이 무성해지려면 저 떡잎이 작고 샛노래지도록 더 많이 아파야 되나보다.

이 같은 이치는 부모와 자녀 관계를 연상케 한다. 곧 부모 된 자, 저 떡잎과 같이 졸아들어야 저렇게 본잎처럼 싱싱하고 튼튼한 자식을 키울 수 있단 말인가.

그렇다. 우리, 부모는 한없이 더 야위어야 할까 보다. 그리하여 자식이 더 싱싱하고 참된 결실을 맺을 수만 있다면 스스로는 말라가는 것을 마다하지 않을 것이다. 팔공산 갓바위 앞에서 연이어 절을 올리는 모정을 헤아려 보면 말이다.

김난도 교수의 책에서처럼 '아프니까 청춘'(자식)이기도 하지만, 아프니까 부모이기도 한 것이다. 그러기에 부모는 원래 조급해질 수가 없나 보다. 아이가 성취를 이룰 때까지 아픔을 참는, 부모의 느림에 대한 인내가 아이를 키운다는 것이다.

그리하여 자녀 교육에서 중요한 것은 얼마나 빨리 성취하게 하느냐가 아니라 치열한 꿈꾸기를 통하여 마지막에 어떤 꿈을 이룰 수 있느냐하는 일이다. 봄배추의 수확에만 집착할 것이 아니라 가을배추가 진짜 김장감이라는 걸 환기해 봄직하다. '기적이란 천천히 이루어지는 것'이기에 말이다.

아, 그런가 보다. 텃밭의 저 연약한 연둣빛 두 떡잎이 더 작고 보잘 것 없어져야, 아니 실낱같이 가늘어지고 누렇게 마를 때까지 인내하며 기다려야 본잎이 더 풍성하게 자라는 것이다. 그러니 대입 수험생, 혹은 취업 수험생의 부모 된 자는 아예 느긋하게 더 많이 아파하며 기다릴 각오를 하는 것이 현명하다 할 일이다.

텃밭에서 초년생 농부는 떡잎을 보고서야 본잎 키우는 농사의 거룩함을 어렴풋이나마 가슴으로 깨달을 듯하다.

적겨자 잎 솎기

작은 것이라 해도 일하는 데에는 원리가 있나 보다. 채소의 잎을 솎는 일만해도 아무렇게나 하는 것이 아니었다.

10월 23일 일요일, 텃밭에서 적겨자의 잎을 솎기로 했다. 보라색의 잎들 중 먹거리로 커다란 잎을 먼저 따는 일이었다.

지난 번 상추의 잎을 딸 때도 그랬듯이 한 손으로 쉽게 대충대충 뜯어내려는 나에게 아내는 그렇게 잎의 밑 부분을 마구 뜯어서는 안 되는 것이라 했다. 아내의 말을 들으니 밑동 부위에 남는 부분이 없이 완전히 떼어줘야 한다는 것이었다. 그러기 위해서는 한 손으로 원줄기를 쥐고 다른 한 손으로 밑동 원줄기와의 접맥 부분에서 말끔히 솎아야 한다고 했다. 밑동의 일부라도 남겨 두게 되면 그 생채기가 아무는 데 영양분이 쏠려서 원줄기의 생장에 지장이 생긴다는 것이다.

이러한 원리를 듣는 순간 내 귀를 번쩍 뜨게 하는 무엇인가가 바람처럼 스쳐갔다. 비단 채소의 잎을 솎는 일만 그러하겠냐 하는 생각이었다. 예컨대 균열이란 작고 미미한 곳에서 시작된다. 큰 구멍과 커다란 균열은 얼른 보고 두려워서라도 메운다. 하지만 작은 구멍과 미미한 균열은 으레 그러려니 하고 내버려 두기 쉽다. 그런데 그 작고 미미한 것이 쉽게 사라지는 것이 아니라 삶의 구석구석 어디에선가 질긴 생명력을 가지고 숨어 있다가 어떤 연이 닿으면 슬며시 드러날 수 있기에 경시하지 못할 두려운 존재인 것이다.

모과를 따서 오래 두어 본 사람은 보았을 것이다. 처음 한동안은 샛노란 빛깔에 특유한 향을 내기에 아무런 흠잡을 데가 없이 상쾌하게 바라볼 수 있다. 일정 기간이 지나면 전혀 보이지 않던, 가장 작은 생채기 부위에서부터 붉은 반점이 생겨 나온다. 그러던 것이 차츰 버짐처럼 번져 얼룩덜룩하다가 마침내는 온몸이 붉고 검은 빛으로 병들어가는 것이다.

나아가 사람과 사람의 사귐에도 서로에게 작은 감정의 생채기라도 남기지 말아야 하리라. 살다 보면 부딪히지 않을 수 없겠지만, 그 감정의 응어리는 마음의 밑동 부위에서 깨끗이 풀어주는 것이 뒷날의 원만한 사회생활을 위한 지혜라 할 것이다. 그것도 가급적 빠른 시일 내에 말이다.

이런 생각이 미치자 적겨자를 만지는 두 손에 더욱 조심스러운 정성이 들어간다. 밑동에 작은 실오라기 같은 생채기라도 안 생기기를 바라면서.

들깨 수확

늦봄이었다. 텃밭 안쪽에 들깨를 한 두둑 심어 잎을 많이 따먹었다. 여름이 무르익어 가며 결실을 위해 더 이상 잎을 따지 않고 길렀다.

추수 때에 접어들자 수확할 일이 은근히 걱정이 되었다. 아파트에 살다 보니 깻대를 베어 와서 말릴 공간이 없다. 낫도 살까말까 망설이고 있었다. 밭에 그대로 베어 눕히려 해도 큰 비닐이나 자리를 구입해야 했다.

10월의 셋째 주말이 되었다. 비가 온다는 일기예보에 조바심이 더욱 난다. 아내는 아예 남을 주자고 했다. 그래도 나는 아쉬운 생각에 선뜻 동의하지 못했다. 그러다 가위로 조금만 베어 씨앗으로 쓸 것만 챙기자는 아내의 절충안에 나도 어쩔 수 없이 그러자고 했다.

우리는 튼튼한 부엌 가위와 종이 가방을 들고 텃밭으로 갔다. 과연 이 가위로 깻대를 벨 수 있을까를 염려하면서.

텃밭에 이르니 그 새 노르스름하게 단풍이 든 깻잎은 거의 지고 까맣게 익은 꼬투리들만이 돋보였다.

"윗부분 꼬투리만 조금 잘라서 씨앗 하면 되겠네!"

우리는 깻대 찌는 것은 포기하고 줄기 위의 까만 꼬투리 부분을 싹둑싹둑 잘라 종이 가방에 넣기 시작했다.

"그런데, 이런 식으로 모두 자르면 되겠네!"

한참 작업을 하다 보니 깻대를 자를 필요 없이 이런 식으로 모든 꼬투리를 수확하면 되겠다는 새로운 생각이 떠올랐다.

"아, 그래서 누군가가 '우문현답'이라고 했던가!"

"무슨 소린데요?"

"그러니까, 우리의 문제는 항상 현장에 답에 있다, 이거요!"

"허허, 맞기는 맞네요."

그러나 아내는 깨알을 어떻게 털어낼지를 걱정하는 듯한

초목은 이렇게 살라 하고

표정을 지었다. 그 순간 나는 햇볕이 잘 드는 남향 베란다에 신문지를 펴고 꼬투리들을 천천히 말린 다음 소꿉장난 하듯이 작은 막대로 토닥토닥 두드리는 장면을 상상해 보았다. 그야말로 깨가 쏟아질 듯 재미가 짭짤할 것 같았다.

텃밭 삼제(三題) Ⅱ

배추 옮겨심기

가을배추를 너무 조밀하게 심었나 보다. 그래서 옆의 열무를 얼른 거두고 그 자리로 배추를 솎아 옮기기로 했다.

우선 흙을 일구어 둔덕을 만들고 옮길 자리에 삽으로 적당한 크기로 구덩이를 파두었다. 간격이 좁은 곳의 배추를 삽으로 뿌리째 푹 떠서 그 구덩이에 맞추어 넣고 주위에 흙을 북돋워 주었다.

그런데 두어 둔덕을 채우고 다시 보니 먼저 심은 배추들의 잎이 어쩐지 풀이 죽은 모습을 하기 시작한다. 뿌리와 함께 주

초목은 이렇게 살라 하고

변 흙을 보존한 채 옮기면 괜찮을 줄 알았는데 예상 밖이었다. 이웃 밭 어르신께서 지나시기에 여쭈었더니, 우선 물을 주면 뿌리가 빨리 내려앉을 거라고 하신다. 또한 "겉잎은 마를 거요. 그러다 새 땅 냄새에 익으면 속잎은 생생해지니라." 하고 덧붙이셨다.

이튿날에도 물을 주었건만 안타깝게도 바깥 잎들은 시들어서 땅바닥에 늘어지거나 속잎에 기대어 넘어지듯 힘겨워하고 있었다. 거의 일주일이 지나서 와보니 과연 겉잎은 더 말라가고 속잎이 생생하게 커가고 있었다. 마치 탈각하는 곤충처럼 낯선 땅에서 새롭게 태어나는 것일까. 배추가 이처럼 자리 옮기기를 싫어하는 줄을 미처 몰랐다.

하기야 새로운 환경에 적응하기를 힘들어하는 것은 배추만이 아니다. 모든 생물은 갑자기 새로운 환경에 놓이면 지금까지 익숙한 세계의 시스템에 접속하여 원활하게 해오던 대사작용이 모두 부자연스러워지고, 나아가 추가적인 에너지를 필요로 하기 마련이다. 그리하여 우리들도 이사나 전근 후에 당분간은 새로운 곳에 마음을 쉽사리 붙이지 못한 체험을 갖고 있지 않은가. 더구나 우리의 미래 세대들은 붙박이 직장은 꿈도 꾸지 못할 일이니, 이른바 '새 직장 증후군'은 그들이 극복해야 할 과제 중의 하나가 아닐까 여겨진다.

달팽이 이야기

텃밭의 배추를 손질하다 보면 잎 뒷면에 깊숙이 주둥이를 박고 있는 달팽이를 볼 수 있다. 이들의 혀에는 '치설'이라고 하는 톱날 모양의 조그만 이빨이 수없이 나 있기에 배추 등의 채소를 잘 갉아 먹는다고 한다.

그러나 나는 달팽이를 여느 벌레처럼 '해충'이라고 쉽사리 잡아 낼 수가 없다. 텃밭을 가꾸면서 알게 된 그는 내게 점점 경이로운 존재로 다가오기에.

달팽이는 '느림'의 대명사이다. 그런데 '달팽이는 느려도 늦지 않다.'는 것이 정목 스님의 말씀이다. 달팽이의 속도가 인간의 눈으로 보면 참으로 더디고 답답해 보이지만 우주의 속도에서는 지극히 합당하다는 것이다.

이들의 움직임을 보면 어쩌면 시간을 초월해서 아무런 변화

초목은 이렇게 살라 하고

도 없는 영원한 세계 속에 살고 있는 것 같다. 이런 모습을 프랑스의 시인 자크 프레베르는 '장례식 가는 달팽이들의 노래'[1]라는 시에서 재치 있게 표현해 주고 있다.

달팽이 두 마리가 땅에 떨어진 가을 낙엽 한 장의 장례식에 가기 위해 목적지를 향해 출발한다. 그런데 마침내 장례식장에 도착하고 보니 계절은 봄으로 바뀌었고, 그래서 모두가 다시 행복해진다는 이야기이다.

또한 이러한 이야기도 있다. 브라이언 카바노프의 『씨 뿌리는 사람의 씨앗 주머니』 중에 나오는 내용이다.

어느 바람 부는 쌀쌀한 봄날, 달팽이 한 마리가 나무를 기어오르기 시작했다. 부근에 있던 새들은 이상한 행동을 하는 달팽이에게 쏘아붙였다.

"이 멍청한 달팽이 녀석아! 도대체 네가 어디로 가는지 알고 올라가는 거냐?"

그러자 다른 새가 거들었다.

---

1 두 마리의 달팽이가 죽은 낙엽 한 장의 장례식에 간다네. / 검은 껍질 옷을 차려 입고 뿔 주위에는 검은 리본도 매었다네. / 어느 맑게 갠 가을날, 두 마리 달팽이는 어둠 속으로 떠났네. / 그런데 이런! / 그들이 도착했을 땐 벌써 봄이 되어 있었지. / 죽었던 나뭇잎들은 모두 다 부활해 버렸지……(하략).

"도대체 그 나무에는 왜 올라가니?"

이번에는 또 다른 새가 말했다.

"나무에 올라가봤자 체리도 없어."

그러자 달팽이가 대꾸했다.

"내가 저 꼭대기에 올라갈 즈음에는 틀림없이 체리가 열릴 거야."

생각해 볼수록 시대의 속도와 더불어 인간 내면의 속도가 빨라지는 지금이 오히려 달팽이의 이런 뚝심을 받아들이는 수련이 필요한 때인지도 모른다. 역으로 자신의 삶의 급속한 변화에 대한 기대는 곧 현실에 대한 충실함과 견고함을 무너뜨리는 작용이 될 수도 있다. 설사 겉으로는 빨리 간다 해도 결국 느림이 만들어낸 견고한 토대가 없으면 그 '압축 성장'은 기반을 잃기 마련이다.

결국 삶의 속도를 적절히 늦춘다는 것은 단지 긴장을 풀고 여유로움을 만끽하기 위한 것만이 아니다. 그것은 오히려 현재 생활에 더 강한 의미와 긴장을 불어넣고, 자신의 인생을 풍부하게 채워가는 견고한 자기 구원의 과정일 것이다.

초목은 이렇게 살라 하고

잡초를 뽑으며

잡초는 참 뿌리 힘이 세다. 그걸 미리 알았더라면 장마 전에 텃밭의 풀을 뽑았을 것을. 장마가 거의 끝날 시점에 잡초는 엄청 자라 텃밭은 아예 풀밭이 되어 버렸다.

아내와 함께 풀밭을 매며 바랭이, 달개비, 명아주, 쇠비름 등이 단단하게 얽혀 있는 뿌리들을 제거하는 것이 얼마나 힘이 드는 일인지를 새삼 깨닫게 되었다.

그런데 텃밭이 아니라면 역으로 잡초들의 단단한 뿌리 연대의 힘을 이용할 수도 있지 않을까 하는 생각을 해 본다. 식물은 같은 종끼리는 다툼이 적어 위로 커 오르지만 다른 종끼리는 경쟁적으로 세력권을 넓히려고 뿌리를 옆으로 뻗게 되어 결과적으로는 뿌리가 서로 결합하게 된다는 것이다. 그러니까 산사태가 난 곳이라면 한 가지 풀만 심을 것이 아니라 여러 가지 풀을 섞어 심어 준다면 잡종의 끈끈한 연대를 활용하는 셈이라 할 것이다.

이런 원리는 우리 사회의 조직에 있어서도 시사하는 바가 없지 않다. 크고 작은 조직도 비슷한 경력자로만 구성하기보다는 가능하다면 다양한 분야의 전문인이나 재능인들이 모여 힘을 모은다면 문제 해결력을 그만큼 높일 수 있을 것이다. 이른바 융합 강세의 혜택을 누릴 수 있겠기 때문이다.

뒤늦게 텃밭의 잡초를 힘겹게 뽑으며, 다양한 개성을 가진 사람들의 연대로 구성된 조직의 경쟁력 제고를 생각해 본다.

초목은 이렇게 살라 하고

일회용 '정기 승차권'

일전에 대구에 있었던 경북도교육청에 기차로 출퇴근을 한 적이 있다. 이른바 '홍익회원'이 되어 구미−대구 왕복 무궁화 호 정기 승차권을 1개월씩 끊어 다닌 것이 수차례나 되었다.

그런데 '정기 승차권'이라는 것이 입석(立席)이어서 빈자리 에 임시로 앉아 오가는 형국이다. 원래 내 자리가 없으니, 어 쩌면 빈자리 모두가 내 자리일 수가 있다. 앉으면 일단 내 자 리이니 빈자리 아무 곳이나 앉기 마련이다. 그러기에 나도 처 음에는 더러 쭈뼛쭈뼛하다가 차츰 익숙해짐에 따라 애초에 내 자리라 정해진 것이 없어도 태연하게 버젓이 40분을 앉아 있기도 했다.

그러나 이 자리는 불안정성을 내포하고 있다. 언제 어느 정거장에서 어느 손님이 다가와 자리를 내 놓아라 할지 모르기 때문이다. 그래서 혹자는 그날의 최초의 자리 선택을 '로또'라고 말한다. 끝까지 빈자리여서 본인이 앉아서 가게 되면 최고 행운의 당첨이 되는 셈이다.

반면에 '로또'에 당첨이 되지 않은 날에는 새로운 정거장에서 새 손님이 타게 되면 제 자리이니 비켜달라고 한다. 그럴 때에는 메뚜기처럼 자리를 이동하며, 가끔은 엉뚱한 사색을 해본다.

─여기는 현재 저 손님의 자리가 맞다. 그런데 우리에게 진정한 '제 자리'라는 것이 있기나 한 것인가! 손님이나 나나 원래 주인 없는 의자에 잠시 앉았다 가는 것을.

그리고 종국(終局)에는 누구나 일회용 '정기 승차권(왕복)' 한 장 가지고 이 세상에 온 것을!

교황의 소형 자동차

초임 교장 발령을 받아 부임했을 때의 일이다. 기뻐해야 할 승진 발령을 맞으며, 좀 색다른 걱정을 하게 되었다. 이 시기쯤 되면 대개 중형 이상의 자동차를 몰고 다니는 것이 일반적인데 아직 소형차를 이용하고 있었기 때문이다.

명색이 기관장인데 소형차를 몰고 새 직장에 출근할 것을 생각하니 어쩐지 용기가 나지 않는다. 그래서 지금 소형차는 아내가 가지고, 대출을 내어 중형 중고라도 구입하자고 제의해보지만 아내는 번번이 "당신 운전 실력에는 소형이 딱 알맞아요!" 하며 반대를 한다. 사실 내가 운전 감각도 둔하고 주차할 때도 헤매는 경우가 많은 것은 맞는 말이다. '그래, 그렇게 하지.' 해 놓고도 그 마음이 또 작심삼일이다.

이 무렵 사서 선생님을 통해서 '여덟 단어'라는 책을 접하게 되었다. '자존, 본질, 견(見), 권위' 등의 주제로 조곤조곤 들려주는 저자의 말에 '그래 내 생각대로 살자!'라고 다짐을 하곤 했다. 그러나 책을 덮고 나면 '과연 내가 다른 사람들의 이목으로부터 당당하고 자유스러워질 수 있을까?' 하는 의구심으로 또 망설여지는 것이었다. 그 책에서 들려주는, '남과 다르면 알 수 없는 불안감이 밀려드는 환경에서, 또한 다른 것을 인정하지 못하는 현실에서 자존을 싹 틔우기란 여간 어려운 게 아니다.'는 말은 나를 위한 격려인 것만 같았다.

나아가 그 책의 저자는 계속 나를 설득해 주었다. 결국 해결점은 과감하게 자존과 본질을 살리는 길이라고. 그러한 선택은 '중심점을 내 안에 찍고 그것을 향해 나아가며 바깥의 기준선에 휘둘리지 않는 데서 지켜지는 것'이라고 했다.

또한 어느 정년퇴직하신 교수님의 저서에는 어떠한 선택 앞에 놓일 때마다 이런 기준을 내세운다고 소개되어 있다.

"내가 주도적으로 하는 선택인가, 내가 살아온 삶이나 앞으로 살아갈 삶의 본질을 해치지 않는 선택인가를 물어 하나라도 '아니다'는 답이 나오면 그 선택은 하지 않는다."

참으로 명쾌한 결단을 예비하는 기준이라 여겨져 공감이 간다.

그러던 중 그 해 광복절 무렵 프란치스코 교황이 우리나라를 방문했다. 그가 서울 공항에서 숙소로 이동할 때 우리나라 소형차를 이용하는 모습은 신선한 충격을 주었다. 이에 대해 어느 신부는 교황이 일찍부터 자기 본질에 충실하며 형식을 떨치는 수양을 계속해 왔다는 것이었다. 그때서야 나는 무릎을 탁 칠 수 있었다. 자동차는 내 삶의 본질이라기보다는 이동의 수단이지 않은가.

그 여름에 '여덟 단어'라는 책이 내 삶의 자세에 대한 뜨거운 고민의 동반자가 되어주었는데, 입추(立秋)를 지나 확연히 내 가슴으로 운행되어 온 교황의 소형 자동차는 그 기준 설정을 시원하게 도와 준 길잡이가 되었다.

그리고 그 삶의 기준은 또한 내 삶의 가을 초입에 얻은 값진 수확이기도 하여 감사할 따름이다. 왜냐하면 아내에게 진심으로 이렇게 말할 수 있었기에 말이다.

"여보, 나는 소형 자동차를 그대로 타고, 대신에 당신 경차를 한 대 구입해요!"

겪어보지 않고는

어느 해 초봄, 장인어른 제사에 참여했을 때의 일이다. 제사 음식을 차린 상(床)을 큰처남과 마주 들고 가다가 그만 생선 접시를 엎지르고 말았다. 불경(不敬)한 것 같아 죄스럽고 난감했다.

상(床) 마주 들기가 이렇게 쉽지 않은 일인 줄을 엎지르기 전에는 미처 몰랐다. 그 무렵 마침 친구 아들 혼사의 주례사 준비로 함민복 시인의 '부부(夫婦)'라는 작품을 축시(祝詩)로 낭송하고자 연습을 하고 있던 터라 그 느낌은 더 각별했다. '그냥 이론이나 말로만 읊조릴 게 아니구나!' 하는 생각이 들었다.

초목은 이렇게 살라 하고

긴 상이 있다. /

한 아름에 잡히지 않아 / 같이 들어야 한다. /

좁은 문이 나타나면 / 한 사람은 등을 앞으로 하고 걸어야 한
다. /

뒤로 걷는 사람은 / 앞으로 걷는 사람을 읽으며 / 걸음을 옮
겨야 한다. /

잠시 허리를 펴거나 굽힐 때도 / 높이를 조절해야 한다. /

다 온 것 같다고 / 먼저 탕 하고 상을 내려놓아서도 안 된다. /

걸음의 속도도 / 맞추어야 한다. /

한 발 / 또 한 발.

이 시의 내용 중 상의 '높이를 조절해야한다'는 말이 나의 가
슴을 콕 찌르는 것 같았다. 그랬다. 나의 쪽 상의 높이가 낮았
기에 생선 접시가 흘러내렸지 않았는가.

상(床) 하나 함께 드는 일이 이러할진대, 하물며 어언 30년
을 남남으로 살아온 신혼부부가 매사에 호흡을 잘 맞추며 살
아가는 일이 어찌 단순한 일이겠는가!

건강관리의 경우도 그렇다. 평소에 운동이 좋다고, 그래서

그것을 해야 한다는 말을 흘겨 들어 왔었다. 하지만 이순(耳順)을 넘기고서는 문제가 달랐다. '늑간신경통'을 길게 앓으면서부터 뒤늦은 깨달음이 나를 바꾸어 주었다. 근력이 부족한 상태로 몸이 전반적으로 많이 굳어 있는 편이라고 지적하며, 그 원인을 의사는 운동 부족이라 충고했다. 그 때부터 퇴근 후 일과에 운동 시간을 최우선적으로 할애하리라 다짐하게 되었다. 스스로 '참 미련하고 어리석구나!' 하는 부끄러움을 실감하면서.

이렇게 어떤 일이나 상황을 겪어보지 않고는 실로 체감하기가 어려운 게 나 같은 범부(凡夫)의 실상인가 보다. 소태나무를 두고, "다만 한 가지 분명한 것은 쓴맛을 보지 않고는 쓴맛의 실체를 모른다는 사실이다."라는, 나무를 전공한 어느 학자의 말이 새삼스레 떠오른다.

조근조근

얼마 전, 목욕탕에서 두 가지 풍경을 보았다. 두 쪽 다 어린 아들을 데려와 때를 씻기는데 그 방법이 사뭇 달랐다. 나를 중심으로 오른쪽에 앉은 아저씨는 막무가내로 아이 몸의 때를 미는 모양이었다. 따가움을 호소하느라 아이가 울면서, 씻기려는 부위를 손으로 막으려하자 마구 손을 때리며 "참아, 이렇게 더러운 것을 어찌 놔두느냐?" 하고 윽박지르는 것이었다.

반면에 왼쪽에 있는 아저씨는 아이와 소곤소곤 이야기를 나누며 조용히 때를 씻기고 있었다. "이 때를 가만히 놔두면 살갗이 숨을 못 쉬어. 벌레들이 우글거릴 수도 있고……." 하면서 때를 씻어야 하는 이유를 조목조목 설명을 하고, 아이는 그 말에 호응을 잘 하고 있었다.

그 때 문득 내게 떠오르는 말이 있었다. '조근조근'. 이 말은 내가 화를 내며 컴퓨터 게임에 빠져 있는 막내를 큰 소리로 혼낼 때마다 아내가 쓰는 말이다. 컴퓨터 게임이 어째서 나쁜지, 왜 거기에 중독이 되면 안 되는지 아이가 알아듣도록 잘 설명을 하라는 주문과 함께. 그러면서 아내는 "당신은 학교에서도 아이들을 그렇게 다루어요?" 하는 말로 나를 어렵게 하곤 했다. 물론 학교 학생들에게는 그렇지 않다고, 아들에게는 욕심이 생겨서 짜증스럽게 화부터 내는 것이라고 변명을 하려다도 난 주저하고 만다. 과연 내가 학교에서 아이들이 잘 알아듣도록 설득하는 일에 성공하고 있는지에 대한 확신이 서지 않기 때문이다.

사실, '조근조근'이라는 말을 아내로부터 들은 것은 오래 전부터였다. 크고 작은 일로 내가 짜증이라도 낼라치면 예의 그 단어를 쓰며 나를 나무라는 것이다. "당신은 언제 그 문제에 대해 나에게 조근조근 설명, 혹은 설득해 본 적이 있어요? " 하고 말이다.

그럴 때마다 그 말의 뜻을 짐작하기는 해도 정확한 뜻을 익힌 적은 없어 한번은 사전을 찾아보기로 했다. '표준국어대사전'에는 두 가지 뜻이 담겨 있었다. 하나는 전남(全南) 방언으로서 '낮은 목소리로 자세하게 이야기를 하는 모양'이란 뜻이고, 다른 하나는 제주 방언으로서 '차근차근'이란 뜻을 가진 부사라고 적혀 있었다. 그러니까 종합하면 이 말은 '낮은 목소리로 자세하게 차근차근 이야기를 하는 모양'을 뜻한다고 할 수 있다.

그 후 이 말에 담긴 뜻이 정말 좋은 것 같아 실천해야겠다는 의욕이 생겼다. 조근조근! 실로 이 말엔 교육적 화술(話術)의 핵심 원리가 스며 있는 게 아닐까. 우선 이 말엔 인내(忍耐)의 미덕, 자상함, 성의(誠意)의 마음이 묻어 있는 듯하다. 또한 침착함과 성실함이 배어 있는 이 말의 위력은 조리 있는 설득력, 부드럽게 승리하는 협상력으로 표출될 것임에 틀림없다. 따라서 자연스럽게 '감정 코칭'의 힘이 내재되어 있는 이 단어가 학생들 상호간의 말하기에 실천된다면 언어 순화는 물론 학교 폭력을 줄이는 작은 방안이 될 수도 있지 않을까.

더구나 학교 교실에서의 이 말은 교육력(敎育力)의 시금석(試金石)이 아닐까 여겨진다. 교사의 첫째 책무가 아이들이 쉽게 이해할 수 있게 하는 능력을 갖추는 일이라면 이 말이 일러 주는 태도야말로 그런 능력의 핵심이라 할 수 있기에 말이다. 요즘, 아이의 수준과 학습 과제 사이를 어떻게 무리 없이 연결 시켜 줄 것인가에 관심을 두는, 비고츠키의 비계(飛階)의 원리 를 수업에 도입하려는 시도도 이러한 노력의 일환이리라. 또 한 일찍이 인류의 스승 석가모니가 자신이 깨달은 묘법(妙法) 을 중생의 기근에 맞추어 설법하고자 점진적 방편을 썼던 배 려와도 궤를 같이하는 일일 터이다.

더구나 이 말은 인공지능 로봇과 함께 일해야 하는 제4차 산업혁명 시대에 요구되는, 포용적이고 다른 사람을 배려하 는 여성적 리더십과도 관련이 있는 것이라 할 것이다. 서두에 서 소개한 목욕탕의 오른쪽에 있던 아저씨의 경우처럼, 전통 적으로 남성적인 리더십은 설명하려 하지 않고 그냥 지시를 했다. 앞으로 그런 역할은 인공지능 로봇이 맡게 될 것이고, 사람의 몫은 로봇이 제시하는 업무를 서로 잘 이해하도록 스 토리텔링을 잘 하는 일이 될 것이라 한다.

그런 만큼 조근조근 말하기의 효용은 더욱 폭이 넓어질 것 이다. 가정에서는 부모와 자녀 간, 아내와 남편 간의 대화의

초목은 이렇게 살라 하고

원리요, 직장에서는 간부와 사원 간의, 혹은 동료들 간의 의사소통의 원리가 될 것이다. 나아가 정부와 국민, 여당과 야당이 대화하는 자세에 대한 지침이 되기도 하리라.

조근조근. 이 네 글자의 부사어에는 우리의 생활을 사랑과 배려로 이끌어 가는 삶의 자세와 태도가 어려 있고, 가르침의 장(場)에 폭넓게 적용되는 교육력의 원리가 담겨 있다고 하겠다. 나아가 이 말에 담긴 실천 원리는 민주 시민의 기본 자질과 무관하지 않으리라 여겨진다.

역지사지(易地思之)

훈풍이 스미는 6월말의 어느 날 밤이었다. 모처럼 일찍 집에 들어와 아내와 이런저런 이야기를 나누었다. 아내는 내가 집안일과 자기에게 무관심하다고 불평을 했다. 그러다가 밤 10시가 좀 지났다. 옆집 아주머니의 부르는 소리에 슬며시 나가더니 한참이나 들어오지 않았다. 처음에는 사택 근처로 산책을 나갔거니 여겼다.

몸은 피곤하여 이리저리 뒤척이었으나 잠은 오지 않았다. 아니, 불을 켜고 기다려야 하니 잠을 잘 이룰 수가 없었다. 그러다 자정이 넘어 시간이 지날수록 불안한 생각이 들기 시작했다. 두 사람이 어디 차를 몰고 나갔다가 교통사고를 당한

초목은 이렇게 살라 하고

게 아닐까. 그러고 보니, 아침에 동료 직원이 들려준 꿈 얘기가 마음에 걸렸다. 아침에 출근할 때 그 직원은 꿈에 내가 높다란 집의 대문간을 근심스런 표정으로 서성거리는 모습을 보았노라고 했었다. 그것은 혹 병원에 입원한 아내를 간호하러 가는 걸 암시한 것이 아닐까. 아니야, 입원했다면 연락이 올 것 아닌가. 이런저런 상상이 꼬리를 물었다.

나는 현관문을 열고 나갔다. 옆집의 동정을 살폈으나 기척이 없었다. 하는 수 없이 다시 들어오긴 했으나 불안은 더욱 가중되고 있었다. 사람이 안 들어 왔으니, 불을 끌 수도 없는 노릇이었다. 몸이 피곤하니 잠시라도 눈을 붙였다 일어나려해도 그저 뒤척일 뿐, 머리만 점점 무거워져 갔다. 참으로 이런 기다림이란 고통 바로 그것이었다.

"뭣 하려고 기다리노? 나는 내 알아서 다니니까 불 끄고 자란 말이야."

내가 늦게 들어 올 때마다 불이 켜 진 채 선잠을 자는 아내를 향해 나무라던 말이 떠오르자 선웃음이 나왔다. 그런 게 아니로구나.

이런 불안한 마음속의 기다림이 새벽 4시까지 계속되었다.

나는 또 일어나 현관문을 열고 나가 보았다. 그 때 사택 위층에서 이야기 소리와 발자국 소리가 들려왔다. 남이 보면 쑥스러울 것 같아 나는 얼른 안으로 들어왔다. 잠시 후에 따라 들어오듯 현관문을 열고 들어서는 아내. 조금 전에 내가 현관문 여는 소리를 들은 모양이다.

"당신 어디 갔다 왔어요?"

이쯤 되면 나로서는 적반하장(賊反荷杖)격이 아닐 수 없다.

"어디 가긴, 사람이 어디 갔으면, 어디 있다고 전화라도 해야 되잖아?"

화를 내면서도 나는 마음속으로 켕기는 것이 있었다. 사실 이런 항의는 내가 아내로부터 퍽 많이 받아 온 메뉴의 한 가지인 것이다.

"여태 나를 기다렸단 말이지요? … 미안해요, 여보!"

그래도 나는 내친 김에 한 마디 더 하였다.

"피곤해 죽겠는데, 잠을 잘 수 있어야지?"

"내 걱정을 그렇게 했단 말이죠? 미안해요, 여보! 신규네 엄마 오늘 신랑 없이 혼자 있다고 위로해 주러 갔다가 그만 좀 늦게 놀았던 것뿐이에요."

"…난 당신 잃어버린 줄 알았지 뭐야."

"이제야 밤에 당신 기다리는 내 맘 좀 알겠지요?"

"……"

나는 반은 오히려 미안하기도 하고, 또 반은 안심이 되어 어정쩡한 미소를 짓고 말았다.

정말이지, 밤에 늦게 귀가하는 것이 가족에게 그토록 해로운 일일 줄은 몰랐다. 역지사지(易地思之)라는 것이 나 같은 범부에게는 뼈저린 체험의 대가일 수밖에 없나 보다. 하지만 인생의 소중한 것들을 깨달을 수만 있다면, 비록 더 이상의 고통스런 체험도 마다하지 않을 것이란 생각이 든 것은 웬일일까. 평소 그렇게 뚱뚱하게 느껴지던 아내를 이때만은 나의 작은 가슴으로 거뜬히 안을 수가 있었다.(1998)

나무 명상을 배우며

12월 초순의 주말, 복지 업무 담당자 워크숍에 참여했을 때의 일이다. 구례의 한화리조트에서 숲 치유 명상 연수를 받게 되었다.

약간의 이론 강의에 이어 소나무 숲으로 둘러싸인 리조트 옆 뜰에서 자연을 호흡하는 실습을 하였다. 담당 강사는 온갖 소리와 빛을 오감으로 수용하고 특히 관심이 가는 하나의 사물에 집중하여 명상을 해보라고 한다.

나에게는 적정한 세기로 불어오는 겨울바람을 맞아 가지와 잎들이 너울너울 춤을 추는 소나무들이 관심의 대상이 되었다. 그 풍경을 지켜보고 있으니 문득 언젠가 동해안 오도(烏島)

해안에서 보았던 아침 바다 풍경이 떠올랐다.

조석(朝夕)을 막론하고 출렁이는 물결. 그런 물결의 율동에 맞추기라도 하듯 갈매기들이 오르내리고, 어부 아저씨들도 앉았다 섰다를 반복하면서 천연스럽게 해풍(海風)의 리듬을 타는 모습이 퍽 인상적이었다.

그러더니 그날 소나무들의 너울춤을 보며 바다에만 파도가 있는 것이 아니라 육지의 모든 곳에서도 공기의 파도가 있다는 것을 새삼 느끼게 되었다.

자율적 관찰 시간이 지나자 강사는 우리들에게 눈을 감고 팔을 한 쪽씩 나뭇가지가 너울거리듯 올렸다 내렸다 해보라고 한다. 또 두 팔을 함께 너울거려 보라고도 한다. 자신을 통해 지나가는 바람과 함께 나무같이 춤을 추라고 한다. 자신의 모든 에너지를 춤추는 에너지가 되게 하라고 한다.

다음번엔 나무줄기가 바람에 흔들리듯 몸통을 옆으로 기울여 보라고 한다. 끝으로 두 사람이 짝을 이루어 먼저 뒷사람이 앞사람을 뒤에서 허리 부분을 들어 올리며 평소 몸의 무게를 가늠해 두게 했다. 이어 앞사람이 온 몸의 기(氣)를 모아 발바닥으로 집중하여 무게 중심을 내리고 땅에 최대한 견고하게 선다는 기분을 취하라고 했다. 그런 후 뒷사람이 이전처럼 앞사람의 몸을 들어 올리며 다시금 몸무게를 느껴 보라고 했다. 그 결과는 어떠했을까? 뒷사람의 대부분이 앞사람의 몸무게가 이전보다 무거워짐을 느꼈다는 반응이어서 서로 놀라워했다.

이렇게 나무가 바람의 세기에 따라 위쪽의 잎, 혹은 가지, 그리고 때로는 줄기까지도 즐기듯 흔들리지만 뿌리만은 흔들릴 수 없다는 단호한 자세를 취하는 생태를 몸소 내 몸의 움직임으로 시연해 보니, 인간도 각자가 어디에 살든 '생명의 실'로 연결된 세상의 풍파(風波)를 유연하게 받으며 사는 한 그루의 나무라는 생각이 실감으로 다가왔다. 그리고 비로소 나무가 '흔들리지 않으려 흔들렸었구나.' 하는 함민복 시인의 '흔들린다'는 시(詩) 구절에 담긴 이치도 공감할 수 있었다.

그렇다! 산다는 것은 바람을 맞이하는 일이며, 나이가 들수록 우리는 마음의 무게 중심을 낮추되 자유자재로 흔들리면서 흔들리지 않는 삶을 살아가야 하는 것이다. 어차피 불어오는, 우리의 마음을 선동하는 순풍 사순·역풍 사위의 팔풍(八風)에 마지못해 부대끼느니 차라리 웃음으로 맞이하는 여유를 선택해 보는 것이다. 소치 올림픽에서 심판의 부당한 판정에 세계인들이 분노했지만, 그러한 상황에서도 오히려 미소로 응수한 피겨의 여왕 김연아처럼 말이다. 그것이 피할 수 없는 것을 즐기는 지혜요, 또한 인간이 가진 자기다운 가치관과 능동적 율동성을 발현하는 길이기도 할 터이다.

나아가 나무들이 숲을 이룰 때 연리지나 연리목, 그리고 마주보는 쪽에 가지를 내지 않는 혼인목을 형성하는 것처럼 사람들의 숲에서 조화와 배려로 공존해 가는 지혜도 함께 배울 일이다.

김장 소고(小考)

어느새 처서(處暑)도 갓 지나 무더위가 한결 풀이 꺾이어 갈 무렵부터 농부 내외의 투박한 손길 아래 배추와 무는, 감자 줄기 걷히고 묵은 밭에서 그저 무럭무럭 자라왔다. 하늬바람이 부는 듯하면서부터 농부 내외는, 특히 배추의 허리를 짚 혁대로 졸라매며 알찬 내실(內實)을 당부하기 시작한다. 그러다 마침내 뿌듯한 마음으로 그들을 거두어, 귀한 자식들을 출가시키는 심정으로 경운기에 태워 시장으로 내보낸다.

흥성한 맞선의 터, 시장에서 배추 처녀들은 무 총각들과 간간이 짝을 지어 시어머니 주부들의 바구니 가마에 옮겨 타고 고을고을 시댁에 닿게 된다. 주부들은 이들에게 일단 숫기를

초목은 이렇게 살라 하고

빼려는 듯 소금에 절여 숨을 죽인다. 말하자면 '푸성귀'의 시절을 마감하고 '김치'의 시대를 열어 주려는 것이다. 그러면서 그녀들은 이렇게 당부하기를 잊지 않으리라.

"애야, 이젠 너희들도 더 이상 말괄량이처럼, 혹은 망아지처럼 살아갈 수만은 없지 않겠니? 앞으로 살아가려면 점잖아져야 하고, 또 스스로 겸허하게 고개를 수그려야 할 경우가 한두 번이 아니란다."

이 과정은 비유컨대, 이 땅의 장정(壯丁)들이 가정을 떠나 군대라는 '시집살이'에 적응하려면, 본 부대에 배치되기 전에 고된 신병 훈련을 받아야 하는 경우와 같은 것이랄까. 이런 연유로 이 땅의 주부들은 배추 처녀가 무 총각과 김치 인생을 꾸리기 전에 특별히 그녀들에게 시집살이의 어려움을 견디는 훈련, 곧 성년식 행사 같은 '숨죽이기' 의식을 치르는 게 아닐까.

이런 의식과 아울러 짭짤한 신혼살이의 요령을 가르치고 나면 주부들은 바람 없는 따뜻한 날을 잡아 혼례를 치른다. 배추 신부에게 푸르고 여린 옷 대신에 성숙의 빠알간 치마저고리로 단정하게 갈아입힌다. 이제 배추들은 더 이상 푸성귀가 아니건만, 주부들은 다시금 매운 지혜의 속을 차곡차곡 채우고서야 치마를 맵시 있게 살짝 감아올리어 옷매무새를 여미어 준다. 무 신랑은 하이얀 양복을 미끈하게 차려 입고 마냥 해맑은 미소를 띠고 기다린다.

해거름이 서서히 밀려와 예식이 끝나면, 배추 신부들은 무 신랑과 함께 그들의 전통적인 신방(新房)인 옹기 항아리에 들게 된다. 혹은 신세대들은 창호지 대신 비닐로 문을 바른 플라스틱 신방이나, 아니면 아예 최신식 아파트라 할 냉장고의 김장독에 입주하기도 한다. 이 때 우리네 시어머니 주부들은 신부의 빠알간 치맛자락과 신랑의 하이얀 양복이 점점 중화(中和)를 이루어 연분홍 삶을 잘 꾸려 가기를 충심으로 소망해 보는 것이다. 그러면서 가끔 그들의 신방의 문을 열어 세간과 살림살이를 점검해 보고픈 조바심을 감추지 못한다. 그 신방이 너무 차가울세라, 혹은 너무 뜨거울세라 노심초사하는 가운데 신방을 양달, 혹은 응달로 옮기면서 긴 겨울을 무사히 나게 돌보는 일에 소홀함이 없다.

한편, 먼 산에 온화한 기운이 감돌기 시작하면 농부 내외는 출가외인의 무소식이 희소식이기를 바라면서도 새 손주를 기다리는 설렘으로 또 한 해를 맞는다.

〈'월간에세이', 1995. 12.〉

초목은 이렇게 살라 하고

참외 반쪽

결혼 2주년이 되던 해의 봄이었다. 4월도 중순에 접어든 어느 날, 학교에서 돌아오니 아내가 대뜸,

"보름이 아빠, 나 오늘 시장에서 돈 벌었어요!" 하는 것이었다.

"그래, 어떻게 벌었는데?"

호기심 어린 나의 물음에 아내는 그 날 시장에서 있었던 일을 들려주었다.

아내는 과일 가게에서 4,700원어치 사과를 사고서 주인 할머니께 1만 원짜리 1장을 드렸다. 그러고는 거스름돈을 5,000원만 받을 양으로 300원 대신 참외를 하나 달라고 했다. 노랗

게 잘 익은 참외를 골라 넣고 거스름돈 5,000원을 내달라고
했더니,

"새댁이 5,000원 짜리를 내놓고 왜 그래?"
하며 우기시는 게 아닌가.

지갑엔 5,000원 짜리가 아예 없었노라고 통사정을 해보았
다. 그러나, 할머니는 오히려 버럭버럭 화를 내시는 바람에 시
장터에서 창피할 지경이었다. 그만 아내는 답답한 가슴을 안
고 집으로 돌아오고 만 것이었다.

"글쎄, 그런 경우엔 어떻게 하는 것이 옳은가요?"

나로서도 다소 어이가 없었다. 제 철이 아닌 과일은 비싸기
마련이지만, 이건 그런 경우도 아니지 않은가.

"돈 한번 잘 벌었구만. 자기의 기억이 분명하다면 끝까지
따질 일이지……."

"글쎄, 난 참 바보짓했제? 집에 돌아와서도 분해서 가슴이
펄쩍펄쩍 뛰는 바람에 점심밥이 넘어가지 않더라구요."

나도 별로 좋은 기분은 아니어서 내 방으로 와서 책을 읽고
있었다. 한참 후에 아내의 목소리가 들려왔다. 서창으로 지는
해의 여운이 빨갛게 비칠 무렵이었다.

초목은 이렇게 살라 하고

"여보, 아직 밥할 생각이 안 나요. 우선 5,000원 짜리 참외 반쪽이나 잡수시고 기다리세요."

하면서 이미 깎아 놓은 참외의 한 쪽을 권하는 것이었다. 다소 열없는 미소를 지으며 난 그것을 받아서 다시 책상으로 왔다. '하긴 정확히 말하면 5,300원 짜리지.' 하는 생각을 하며 무심코 몇 번 베어 먹어 보았다. 참으로 맛은 있었다.

다음 순간, 아기를 업은 아내가 시장에서 아직은 철 이른 참외를 그녀의 '반쪽'에게 맛보이려다 본의 아닌 수모를 당하는, 애처로운 모습이 떠올랐다. '잘 했건 못 했건 중요한 건 지금 나의 반쪽이 상심(傷心)하고 있다는 사실이잖아. 의젓하게 위로해 줘야 할 일이 내 몫인데 이러고 있다니.'

조용히 책을 덮었다. 그러고는 학교에서 가져온 우유를 가방에서 꺼내 살짝 냉장고에 넣어 두었다.

서창이 제법 어둑해져 왔다. 아내는 아직도 기척이 없었다. 난 큰방으로 갔다.

"여보, 5,000원 거스름 돈 대신 우유를 가져왔소!"

나의 밝은 표정을 보고 아내는 힘을 얻은 듯 우유를 반쯤 맛있게 받아 마셨다.

"아아, 시원하다!"

하며 부엌으로 향하는 아내의 발걸음이 한결 가벼워진 듯하였다.

남은 우유를 마셔 보았다. 역시 시원하였다.

'반쪽'의 의미를 어렴풋이 깨달은 그날의 저녁밥도 시장기와 더불어 5,300원 짜리 참외만큼이나 맛이 있었다.

〈'새농민', 1992. 4.〉

초목은 이렇게 살라 하고

만남의 의미

연세가 이순(耳順)에 이른 교육자 한 분이 '세월'이란 제목의 수필을 쓰고 싶다고 하시는 말씀을 들은 적이 있다. 서울 올림 픽이 있던 해의 여름, 구미에 있는 경북교육연수원에서 일급 정교사 자격 연수를 받을 때, 그곳 원장 선생님의 말씀이다.

청년 교사 시절 그분은 상주의 어떤 절에 들러 젊고 아리따 운 여승 한 분과 대화한 적이 있었다고 하셨다. 그 후 여러 곳 으로 근무지를 옮겨 다니다 회갑을 맞을 즈음에 그 절에 다시 들르게 되었다. 애초엔 그 젊고 아리따운 여승의 이미지를 머 릿속에 떠올렸음은 물론이다. 그런데, 암자의 문을 열고 내다 보는 여승의 모습은 할머니의 자태 바로 그것이었다. 그 순간은 참으로 충격이었다고 하셨다.

"아유, 할머니가 다 되셨구려!"

"선생님도 참 많이 늙으셨네요!"

"……."

다시금 놀란 것은 그 여승의 지적이었다. 그러고 보니, 자신이 늙었다는 사실은 까맣게 잊고 있었던 것이다.

바로 그 연수 중에 나도 그분과 비슷한 체험을 하게 되었다. 교양·교직 과정이 끝나고 전공과목 연수에 들어갈 무렵이었다. 연수 안내서에 적혀 있는 고전문학 담당 강사님의 성함을 보니 바로 중학교 시절 은사님이셨다. 그래서 다소 가슴을 설레며 강의 오시는 날만 기다렸다.

마침내 은사님의 강의 시간이 되었다. 연구사님의 소개 말씀이 끝나자 예정된 강사님이 들어오셨다. 아, 이게 웬일인가. 아주 낯선 분 같았다. 머리카락이 하얀 중노인이 더욱 살이 찐 모습으로 서 계시지 않는가. 다음 순간, 책도 필요 없이 분필 두어 자루만 들고 오셔서 유창한 설명과 함께 칠판에 죽죽 판서를 해 가시던 문법 시간의, 머리가 유난히 까맣고 체격

초목은 이렇게 살라 하고

이 호리호리하시던 선생님의 모습이 겹쳐 떠올랐다.

강의 도중 좀처럼 마음이 안정되지 않았다. 종이 울리자 얼른 선생님을 따라 나섰다. 소개 말씀을 드린 후, 솔직한 느낌을 참을 수 없어서 난 입을 열고 말았다.

"선생님……참, 많이 변하셨군요!"

"그래? ……세월을 어쩌겠니. 이제 자네도 같이 늙겠구나!"

"예?……."

그만 말문이 막혔다. 하긴 중학생이던 나 자신도 어엿한 교사로 변모하지 않았는가. 점심 식사를 하면서 후일담으로 이십 년 세월의 공백을 더듬어 보았다.

식사 후 현관에서 선생님을 배웅해 드렸다. 연수원 앞뜰의 '교육혼'이라 새긴 상징탑을 향해 유유히 걸어가시는 선생님의 뒷모습을 한참이나 바라보았다.

이듬해 봄이었다. 동해변의 ㅇ군에서 있었던, 역시 중학교 때 은사님의 아들 결혼식에 참석한 적이 있었다.

그 날은, 산기슭과 들을 또 하나의 꽃바다로 물들이던 복사꽃들이 차츰 자취를 감출 무렵의 화창한 봄날이었다. 해마다 이맘때쯤이면 학창 시절 고향의 봄이 회상되곤 한다. 뒷산 참나무 숲으로부터 꾀꼬리 노랫소리가, 산비탈의 보리밭을 스치는 훈풍에 실려 오면, 소년은 왠지 가슴이 설레곤 했던 것이다.

그런데 공교롭게도 그 예식장에서 같은 제자 자격으로 참석한 중학 시절의 소녀를 만나고 말았다. 옛 친우들과 함께 서 있는 그녀의 얼굴을 처음 발견했을 때는 제법이나 마음의 부담을 느끼며 인사를 할까 말까 망설였다. 그녀는 가정 사정으로 진학을 못하게 되었다면서 ㅂ시로 떠나고는 소식이 없었던 것이다.

식이 끝날 무렵에야 곁에 있던 친우들이 나를 먼저 발견하고는 악수를 청하는 바람에 자연스레 그녀와도 손을 잡게 되었다.

중학생의 학부형이 되었다는 그녀의 모습엔 아주머니 티가 절로 풍겼다. 남초록 스커트에 흰 블라우스의 교복을 입고 단발머리를 한, 아까시 꽃의 이미지로 간직된 중학 시절 그녀의 모습을 떠올려 보았다. 아울러 우리 마을 여학생이 전달해 주던 그녀의 하얀 봉투를 받으며 얼굴을 붉히던 까까머리의 내

초목은 이렇게 살라 하고

모습도……. 그러면서도, 내가 늙었다고 그녀의 친우들이 말했을 때는 얼른 수긍이 가지 않았다.

식당에서 술잔도 주고받으며 우리는 차츰 마음의 부담을 씻을 수 있었다. 역시 이십 년 만의 만남이었다. 놀라움과 잔잔한 감격을 감추며 그녀가 말했다.

"언젠가는 한번 만나고 싶었어요!"

"그건 동감이었지만…그저 세월이 고맙다는 생각이 드는군요."

"저두요."

식당을 나와 우리는 정류소로 향했다. ㄱ교(橋) 아래로 흐르는 ㅇ천(川)은 여느 날처럼 여유로워 보였다. 바닷바람에 가볍게 일렁이는 그 물결 위엔, 세월의 거울을 향하여 긴 머리칼을 쓰다듬는 그녀의 자태가 어리는 듯하였다.

건넛산 떡갈나무 숲에서 뻐꾸기 소리가 들려왔다. 그 울음소리도 지난날 소년에게는 어쩐지 애탐과 그리움으로 들리곤 했다. 순간, 20년 전 소녀는 겨울나무가, 소년은 꾀꼬리가 되자고 약속했던 일이 생각났다. 그렇다. 만남의 봄이 이제야 왔건만 겨울나무에게는 꾀꼬리 대신 '뻐꾸기'가 날아온 셈이라 할까.

그녀는 고향의 친정으로 간다고 했다. 멀어져가는 차를 나는 한동안 바라보았다. 목월(木月)의 '종말의 의미'라는 수필의 여운이 비로소 찬찬히 가슴에 스며왔다. '그래도, 고향집 뒷산엔 지금쯤 꾀꼬리가 울겠지…….

우연이라 해도 만남은 세월의 앞뒤를 비추는 거울인가. 난 나를 못 보기에 너의 거울에 비추어 보고, 넌 너를 못 보기에 나의 거울을 바라보게 되나 보다.

못 보면 잊혀 지기 마련이기에 만남은 더욱 감사의 장(場)이 되는 걸까. 그러기에 나에겐 너의 있음이 반가움이 되고, 너에겐 나의 있음이 기쁨이 되나 보다.

그리고 마침내 우리들의 만남이란 한 방향으로의 비춤을 위한 마음과 마음의 조율인가 보다. 더구나, 인연 깊었던 이와의 오랜 동안의 만남은 말이다.

〈'월간 에세이', 1992. 1.〉

초목은 이렇게 살라 하고

다리 위의 사념(思念)

"할아버지, '꽃다리'는 이쪽 수목원을 말하지요?"

"그려. 저쪽 새 다리는 '청남교'라 하능겨."

"볼수록 명물이군요!"

"그려. 아마 전국에도 이런 다리는 없을겨……."

난 지금, 청주시의 젖줄인 무심천(無心川) 위에 의좋게 앉아
있는 두 다리–꽃다리와 청남교–사이의 인도를 거닐고 있다.
꽃다리의 난간 겸 울타리엔 아직 까맣게 겨울을 머금고 있는
덩굴나무가 침묵을 지키는 곳도 있고, 봄옷 입은 개나리가 함
께 어우러져 있는 곳도 보인다. 두 나무들이 어우러진 곳에서
는 유독 참새들이 즐거이 숨바꼭질을 하며 오르내린다.

꽃다리, 그리고 청남교. 점차 낯을 익혀 가면서 진입로의 플라타너스 숲과 함께 나의 관심을 끈, 이 도시의 명물이었다.

일제시대에 나무다리에서 콘크리트 다리로 개축되었다가 이제는 수목원(樹木園)으로 단장된 꽃다리는, '남(南)다리'란 옛 이름과 함께 전통을 가꾸어 가는 청주인의 아름다운 마음씨가 아로새겨져 있는 듯하다. 그 곁으로 나란히 달리고 있는 청남교는 1967년에 세워진 현대식 교량이지만, 결코 웅장한 건조물은 아니다. 다만, 꽃다리와 어우러진 모습이 대견스럽다.

그러니까, 두 교량은 옛날 '남다리'의 두 얼굴인 셈이다. 비유컨대, 하나는 아담한 한옥의 정원을 벗 삼아 이제는 은퇴한 아버지가 사는 집이라면, 다른 하나는 시대의 새로움을 호흡하며 살림을 난 아들이 사는 양옥집이라고나 할까. 그러면서도 이 두 얼굴은 다리에 대한 사념(思念)의 실오라기들을 선명하게 꿰어준다.

서울 올림픽이 지나고 이듬해에 접어들면서 맞은 봄방학 때였다. 내가 근무하던 학교 근처에 있는 강구교(江口橋)에 서서

초목은 이렇게 살라 하고

잠시 사색에 잠겨 본 적이 있었다.

사흘 동안 짓궂게 내린 늦겨울 비가 그치고 해맑은 햇살이 초가을처럼 싱그러운 아침나절, 빗물이 산과 들과 마을을 깨끗이 씻어 주었기에 삼라만상이 온전히 제 모습을 드러내고 있었다. 하지만 정작 다리 아래로 흐르는 오십천(五十川)은 황톳물의 모습으로 동해를 향해 묵묵히 흘러가고 있었다.

제각기 딛고 있는 뭍을 출발하여 나름대로 다양한 빛깔의 냇물 모습으로 흘러, 저마다의 바다를 향해 이어가는 여정이 우리네 인생이라면, 우리 인생은 또 얼마나 이 다리를 닮았는지. 다리야말로 고유의 이음줄이 아닌가. 결국 인생의 보람은 역사의 기관차를 온몸으로 받쳐주는 침목(枕木)들처럼 선선히 이음줄이 되어줌에 있다고나 할까. 그러기에, 어느 곳에서나 다리들은 온갖 발굽과 바퀴에 짓눌리면서도 어제보다 오늘이, 오늘보다 내일이 더 나은 모습이기를 소망하고 있음에랴.

쪽에서 나온 빛이 쪽보다 더 푸르다고 했던가. 숱한 아이들이 내 머리 위를 밟고 지나감으로써 나는 대머리인 모습으로 나의 바다에 이르러도 좋으리라. 다리 끝에서 학교 쪽을 바라보았을 때, '쏴—' 하는 동해의 물소리가 유난히 크게 들렸다.

그 해 가을이었다. 색실같은 무화과의 속살꽃이 피어날 무렵, 이보 안드리치의 '드리나江의 다리'라는 소설을 읽게 되었다. 이 작품의 참된 매력은 인간 사회의 역사와 애환을, '다리'를 주제로 하여 제시해 주는 사색적, 철학적 수필 같은 분위기였다.

작가는 말하고 있다. 인생이란 끊임없이 닳고 소모되지만, 그러면서도 역시 '드리나 다리'처럼 영속하고 지탱되기 때문에 불가사의라는 철학 속에 잠기게 된 것이라고.

3세기 동안 사람들이 지나다니던 그 흰 다리는, 아무리 큰 홍수라도 이겨내 왔다. 그 때마다, 삼켜 버릴 듯 성낸 물결이 지나고 나면 다리는 그 본연의 흰 자태를 드러내곤 했던 것이다.

제1차 세계 대전으로 그 다리의 일곱째 교각이 부서졌지만, 작가는 인간의 성선(性善)에 대한 최종적인 믿음 세우기를 주저하지 않았다.

"…그러나 단 한 가지 못 일어나는 일이 있었다. 하느님의 사랑을 위해서 영원한 건조물을 만들어 이 세상을 아름답게 하고, 그 속에 사는 사람들을 더욱 즐겁고 평화롭게 해 주는

초목은 이렇게 살라 하고

고귀한 정신을 가진, 훌륭하고 현철한 사람들은 영원히 어디서나 이 세상에서 사라질 수 없다는 것이다.”

그렇다. 불의의 홍수(洪水) 속에서도 인간의 위대한 정신이나 소중한 생명을 지키려는 양심의 샘물은, 드리나 다리는 물론 강구교의 교각을 어루만지며, 끊임없이 흐를 것이다. 오천 년의 풍설(風雪)에도 끄떡없이 솟아 있는 피라미드처럼, 그것은 인류가 길이 이어갈 청류(淸流)의 혼과 같은 것이랄까.

난 다시금 두 다리 중앙의 인도를 천천히 걸어본다. 청남교는 저 가로수 터널의 플라타너스들처럼 번성해 가는 교육의 도시 청주의 기상이다. 옆으로 중량이 큰 차가 지나칠 때는 다소의 울렁거리는 몸짓을 하지만, 꽃다리의 교각은 아직도 튼튼해 보인다. 꺾여도 다시 피어나는 개나리들같이 끈질긴 생명의 버팀목이다.

이렇듯, 다리는 자기희생의 이음줄이요, 발전의 의지이다. 그리고, 우리들 생명과 정신의 전통이요, 어떠한 중압감에도 견디는 인간의 항존(恒存)에 대한 믿음의 보루이다.

다리, 그것은 어쩌면 스승과 제자의 만남이요, 청출어람 청어람(靑出於藍 靑於藍)의 이정표이다. 그런가 하면, 시대의 무거운 바람에도 잠시 울렁거릴 뿐, 끝내 우리들을 선량하게 지켜가는 의지만은 철석같은 교육혼(敎育魂)이다.

문득, 한 줄기 바람이 사념에 잠긴 나를 깨우고서 곁을 지나가는 여학생들의 윤기 어린 머리카락에서 맴을 돈다. 아직도 흰 눈[雪]을 닮은 잔디들 사이로 파랗게 돋아나는 풀들이 한결 돋보인다.

〈'월간 에세이', 1991. 9.〉

초목은 이렇게 살라 하고

제2부
듣보며 느끼고

시나브로

—금오산(金烏山) 계단길을 걸으며

가을의 끝자락을 딛고 금오산을 다녀왔다. 토요일에 점심을 먹고 출발하였기에 짧은 해에 혹시나 늦지나 않을까 싶어 올라갈 때는 케이블카를 타고 갔다. 돌길과 나무 계단 길을 한참 올라야 하는 수고를 좀 덜기는 해도 정상까지의 전체 등산 과정엔 크게 도움 되는 것 같지 않았다. 진짜 힘이 드는 과정을 거쳐 약사암과 정상의 절경(絕景)을 보러 가는 길은 그 다음부터였기 때문이다.

대혜(大惠)폭포를 지나 왼쪽으로 우선 '할딱고개' 계단 길부터 올라야 했다. 그 고개는 우리가 힘겹게 넘어야 할 삶의 고개인양 나의 몸과 마음을 제법 무겁게 했다. 하지만 빨리 오르

초목은 이렇게 살라 하고

려고 조바심을 가져서는 안 될 것 같았다. 유유히 '할딱고개' 팻말을 지나 너럭바위 전망대에 오르니 거쳐 지나온 금오지 (金鳥池)가 시원하게 펼쳐졌다. 여기서 일단 숨을 고르고 다시 묵묵히 계단을 벗 삼아 오르고 또 오르리라는 푸근한 마음을 가져보기로 했다.

그리고 마애보살 입상을 보러 가는 갈림길 위쪽의 안부(鞍部)에 도착하여 아래를 내려다보면서, 또 새로운 결의를 할 수 있었다. 이제는 7부 능선을 넘었다는 확신이 섰던 것이다. 이렇게 도보 산행은 땀을 식히며 즐기고 또 새롭게 마음을 다진 후 다시 오를 수 있다는 이점이 있다. 그것은 결코 케이블카가 근접할 수 없는 매력으로서, 오로지 '디디고 일어서는 근육의 움직임과 비약을 용서하지 않는 고행의 땀 끝에 얻어지는 기쁨'이었다. 그러기에 정상에 다 오르고서야 조금씩 조금씩 한 걸음 한 걸음으로 오르는 일이 등산의 참된 맛이요, 의미라는 점을 새삼 느끼게 되었다.

'조금씩 조금씩 한 걸음 한 걸음' 하면 내게 인상 깊게 떠오르는 장면이 있다. 몇 해 전 가을날, 대전에서 연수를 마치고

자투리 시간에 안면도를 찾았을 때의 일이다. 오후 다섯 시 반쯤 안면도 방포항에서 꽃다리를 넘어 꽂지해수욕장의 할미바위와 할아비바위 부근 갯벌 위로 산책을 하였다. 상현달이 초저녁에 처음 켜지는 가로등인양 희미하게 비추고 있었다. 그 시각에 먼 바다로부터 두 바위 사이의 낮은 골로 밀물이 시냇물의 가장자리처럼 조금씩 조금씩 경계를 넓혀가고 있었다.

군문(軍門)에서 북한강 철책 근무 시절에 보았던 밀물은 제법 빨리 밀려오던 기억이 있는데, 그때는 아주 천천히 밀려온다는 생각이 들었다. 아니 오히려 '아이구, 저렇게 해서 언제 물이 차겠는가?' 하고 괜한 걱정스런 마음이 들 정도였다. 아마, 거북이와 시합을 하던 토끼가 엉금엉금 기는 거북의 모습을 보았을 때 느끼는 심정이었다고나 할까.

그랬었는데 방포항 안의 횟집으로 돌아와 저녁을 먹고 나오는데, 누군가가 "물이 찼다!" 하는 것이었다. 나는 일단 귀를 의심하였다. 얼른 꽃다리 위쪽 마을 앞 바다 쪽을 바라보니 정말로 물이 갯벌의 진흙을 모두 덮을 정도로 차 있는 게 아닌가.

"야, 그렇게 천천히 오더니, 벌써 이렇게 바닥을 채웠단 말

초목은 이렇게 살라 하고

인가!"

저녁을 다소 느긋하게 먹기는 해도 불과 두 시간 남짓 지났을 텐데 어찌 저렇게 물이 빠르게 찼는지 놀라울 따름이었다.

이 순간, 나는 '시나브로'의 위대한 힘을 확연히 실감할 수 있었다. 결국 '천천히'가 꾸준히 지속되면 '빠르게'가 되는 것이었다. 그 고장 전설(傳說) 그대로라면 어쩌면, 할아비바위도 저 중국 연안 근처에서 생성되었다가 천 년의 그리움으로 저런 밀물에 시나브로 밀려와 마침내 사랑하는 연인, 할미바위 앞에 서게 되었을 것이라는 생각이 들었다.

하강을 위해 우선 정상 바로 아래 헬리콥터장에서 심호흡을 하였다. 묵직하게 느껴지는 다리를 만지며 아래를 내려다보니 낙하산이나 헬리콥터를 타거나, 한 마리의 새가 되어 날아 내리고 싶다는 생각이 들기도 했다. 그러나 그것은 응급 환자가 선택할 일이라고 고개를 저었다. 천천히 하늘에서 낮은 땅으로 임하는 경건함을 익히고, 또한 오르는 동안 긴장된 육체를 이완시켜 주어야 산행이 완성되는 것이다.

쉬엄쉬엄 걸어도 하산 길은 대개 빠르게 느껴지기 마련이다. '할딱고개'를 다시 지나 시원한 영흥정(靈興井) 샘물로 목을 축이고, 금오산성을 지나 어느새 본격적인 나무 계단 길에 접어들었다.

계단 길은 대개 등산객에겐 부담이 되는 존재이다. 그러나 즐거이 걸으리라는 마음이 들자 오히려 발걸음이 상쾌해지기 시작했다. 경보 선수나 걷기를 하는 사람들 특유의 폼으로 힘차게 팔꿈치를 위로 높이 올렸다 내리며 발에 맞춰 2박자 리듬을 타니 새로운 생기가 돋아났다. 계단이 넓으면 좀 더 넓고 느린 보폭으로, 좁으면 좁은 대로 빠른 보폭으로 맞춰가는 2박자 리듬은 내게 계단 내리기라는 새로운 즐거움의 발견으로 다가왔다.

상가(商街)를 지나 금오지(金烏池)에 이르렀다. 푸른 저수지를 꿋꿋하게 지키고 있는 제방이 끝나는 곳에서 산으로 이어져 전망대로 오르는 계단길이, 이따금 소나무들과 숨바꼭질을 하며 눈앞에 펼쳐진다.

산다는 것은 누구에게나 평탄하지 않은 계단을 오르는 일과 같은 것이 아닐까. 베치 바이어스의 청소년 소설 '열네 살의 여름'의 주인공인 사춘기 소녀 '사라'가, 자신만이 힘들게 살아가는 것이 아니라는 것을 깨달은 것처럼. 그러기에 전망대에 닿기까지는 모두가 저렇게 가파른 계단을 한 걸음 한 걸음 힘겹게 올라야 할 것이다.

그렇다. 한 걸음씩 계단을 꼭꼭 딛고 높은 산을 오르내리듯이, 밀물이 천천히 조금씩 밀려와 해안을 채우듯이, '시나브로' 정신으로 지속(持續)하는 것의 놀라운 힘을 발휘하는 것이 건실한 생활인의 지혜일 터이다.

기회(機會)

　지난 4월말 북미(北美) 해외 연수 때 본 일이다.

　미국 시애틀의 스페이스 니덜 타워와 하우젯사운드 해변 사이의 조용한 소공원에서 쉬고 있을 때였다. 짧지만 파릇파릇하게 돋아난 잔디밭 위로 아빠와 함께 네댓 살 난 남자 아이가 다가왔다. 그 아이는 갑자기 아빠 손을 놓고 데굴데굴 잔디밭을 구르기 시작했다. 마치 이때를 놓칠 수 없다는 듯이. 아빠는 그를 붙잡으려고 애를 쓰다가 마침내 어깨 목마를 태워 가는데, 그 아들은 그 순간에도 몸을 비트는 등 장난을 멈추지 않았다.

　그러고 나서였다. 부자(父子)가 가버린 반대편의 잔디밭 옆

　　　　　　　　　　　초목은 이렇게 살라 하고

길에서 흰 갈매기 한 마리가 빵 한 조각을 발견하고는 한 번 쪼아 먹는 것이었다. 다음 순간 그와 비슷한 몸집을 지닌 다른 흰 갈매기 한 마리가 다가와서, 먼저 온 갈매기를 밀치며 그 빵 조각을 가로채더니 역시 한 번 쪼아 먹었다. 첫 번째 갈매기는 호시탐탐 빵 조각을 지켜보고 있었다. 그 때 갑자기 몸집은 오히려 작아 보이는 회색 갈매기가 나타났다. 그 갈매기는 빵 조각을 의식하기보다는 두 마리의 흰 갈매기를 마구 쫓아 내는 데 열중하는 듯했다. 결국 그 두 흰 갈매기들은 쭈뼛쭈뼛하며 제법 밀려났다.

그 순간 공중에서 제트기처럼 잽싸게 날아든 두 마리의 다른 갈매기들. 그 중 한 마리가 빵 조각을 낚아챈 채로 유유히 동행하여 날아가 버렸다.

그러자 회색 갈매기는 재빠르게 자리를 떠났고, 흰 갈매기 두 마리도 서로를 못마땅하게 여기듯 힐끔힐끔 흘겨보며 종종 걸음으로 제 갈 길을 가고 있었다.

잔디밭이 다시 고요해졌다. 멍하니 보고 있었던지라 한참을 지나서야 '아, 참, 동영상을 찍었더라면 좋았을 걸' 하는 생각을 하며, 나도 연수 일행을 따라 이동하게 되었다. (2017)

인간 동기(動機)에 대한 경외(敬畏)

─대만의 타이루거 협곡을 보며

    대만 연수 셋째 날, 일행은 화련(花蓮)을 찾았다. 이곳이 유명한 것은 단연 타이루거 계곡이 있기 때문이다. 시내에서 30여 분을 버스로 이동하여 도착한 곳에 그 계곡이 펼쳐졌다.

    대리석으로 된 협곡을 들어서면 누구나 최초의 의문에 봉착하게 된다. 이 바위 절벽에 어떻게 도로를 만들었을까 하는 점이다. 이 도로는 마오쩌둥의 공산당에 맞서다 1949년 타이완으로 쫓겨난 장제스 총통이 전시의 물자 수송 등에 대비하기 위해 동서간을 잇는 도로의 필요성을 절감한 후 건설토록 명령했다고 한다. 그러니까 대만의 허리 부분을 가로지르는 대역사인 셈이다. 그래서 정식 도로명은 동서횡관공로(東西橫

貫公路)이다.

현지 가이드와 안내 책자의 설명에 의하면 대리석은 결을 따라 갈라지는 성질이 있어서 착암기를 쓰지 못하기에 오직 정이나 곡괭이를 이용하여 이 도로를 뚫었다는 것이다. 과연 우공이산(愚公移山)의 고사를 가진 중국인다운 정신의 발휘인가 보다는 생각이 먼저 든다.

버스는 왼쪽 산중턱에 자리 잡은 보광사를 바라보며 달리다 먼저 폭포 위로 장춘사(長春祠)가 보이는 곳에 정차를 한다.

'동서횡관공로(東西横貫公路)'라 안내를 하는 문을 통과하여 건너편으로 이어지는 다리를 지난다. 장춘사 앞을 휘돌아 다리 밑으로 흐르는 계곡물이 회색을 가미하고 있고 가장자리 모래 빛도 그런 색깔을 닮아 있다.

다리 끝에서부터 어두운 동굴을 통과하며 장춘사를 찾아간다. 정으로 쪼아 만든 굴에 석회암 지대 특유의 물방울이 뚝뚝 떨어진다. 순간 '땀과 눈물의 도로'라는 말이 스친다.

이 길을 닦느라 212명이 목숨을 잃고, 702명이 다쳤다고 한다. 사당 안에는 유명을 달리한 사람들의 이름을 빼곡히 적어두고 그들의 영혼을 위로하고 있다.

[장춘사 앞에서]

장춘사 위로 깎아지른 대리석 절벽 위에는 이런 인간사의 내막을 아는지 모르는지 푸른 초목들이 무심히 생명을 이어가고 있었다. 길 주변엔 산뽕나무, 딱총나무, 토란 등이 보인다.

장춘사를 뒤로 하고 암반 위의 도로를 따라 상류로 향한다. 댐을 하나 만나면서 그 위부터 물색깔이 짙은 청회색으로 바뀌기 시작한다. 이것이 이 계곡의 원래 물빛이고 하류 부분은

초목은 이렇게 살라 하고

비교적 침전되어 맑아진 모습이라 한다.

'연자구' 입구에서 협곡과 석벽을 조망해 본다. 90도는 기본이고 110도쯤 되는 절벽도 있다. 아래로는 아찔하게 깊은 협곡이다. 얼마나 많은 세월이 흘러야 저리도 깊고 좁은 골짜기가 생겨나랴!

'구곡동'이 절경이라 하나 낙석 등의 위험이 따르므로 걷지를 못하고 1,250m의 굴을 통과한다. 구도로의 산책로로 헬멧을 쓰고 관람을 하기도 하는 모양이나 오늘은 통제되고 있다.

'ㄷ'자형의 도로를 대형버스는 천장이 닿을 듯 말 듯 스릴 있게 지나간다. 대부분 거무스레한 석벽의 상부에는 잡풀이 조금씩 자라고 있는데, 없는 곳은 지진으로 인해 표면이 떨어져 나갔기 때문이라 한다. 그리고 유독 밀가루를 뿌린 듯 흰 곳은 상부의 대리석 속살이 흘러내렸기 때문이라고 가이드는 일러준다.

계곡이 합류하는 자모교(慈母橋)를 지나 휴게소에 들렀다. 그 깊은 산곡 휴게소에서 시원한 아이스크림을 먹으며 절경을 바라볼 수 있는 것은 많은 사람들의 희생 덕분이 아니랴 하는 생각이 든다.

버스는 갔던 길을 되돌아 달린다. 연자구 협곡에서 두어 마리 작은 제비가 나는 모습 등을 보며 다시금 장춘사 앞을 지난다. 그 때, 이 협곡에 처음 들어 설 때 가졌던 최초의 의문을 다시 떠올려 보았다. 가이드의 설명이 이해의 실마리를 제공해 준다. 이 길을 뚫을 때 죄수(재소자), 원주민, 군인 등이 참여했다. 많은 비중을 차지한 군인들이 중국 본토에 두고 온 가족들에 대한 그리움에 젖어 있었다. 그 이유는 장제스 총통이 대만으로 쫓겨 올 때 지금 국립고궁박물관에 있는 문화재들을 싣고 오느라고 선박이 모자라 따라오고 싶은 가족들이 많이 승선을 하지 못했기 때문이다.

그런데 장제스 정부는 이렇게 실의에 빠진 군인들에게 '이 길을 완성하면 서부로, 대륙(본토)으로 돌아간다!' 하며 작업을 독려했고, 이에 많은 군인들은 어서 가족을 만나겠다는 일념으로 열심히 정과 곡괭이를 쪼았다. 그 결과 10여 년 동안 작업할 예정이었지만 4년여 만에 완공을 했다는 것이다. 여기서 나의 최초의 의문은 풀리게 되었다. 타이루거 협곡의 도로 건설은 인간 동기의 위대함, 그 산물인 것이다.

최근 또 하나 소름이 끼치는 사례를 통하여 이러한 인간 동

초목은 이렇게 살라 하고

기의 힘을 다시금 깨닫게 되었다. 그 주인공은 일본 명치유신의 진원지 역할을 했던 '요시타 쇼인(吉田松陰)'이다. 그는 서양의 이양선이 들어오기 시작하던 일본 근대화 시기의 선각자로서 서양의 포술(砲術)을 연구하고 있던 그의 스승인 사쿠마 소산으로부터 다음과 같은 가르침을 받았다.

"자네 같은 젊은이가 저 배를 타고 넓은 세상으로 나가 서양의 문물을 배워 오지 못한다면 일본이라는 나라의 미래는 없다!"

스승의 이 한 마디가 23세 청년 요시타 쇼인의 가슴에 불을 지르게 되었다. 이후 그는 서양 문물을 배우겠다는 일념으로 새로운 일본국의 미래를 꿈꾸면서 자신의 젊음을 불태우게 된다. 28세 때 그는 젊은 문도들을 양성하지 않고는 일본국의 미래를 감당할 수 없겠다는 신념으로 '쇼카손주쿠(松下村塾)'라는 좁은 서당을 열고 19~23세 청년 13명을 모아 호연지기(浩然之氣)를 심어주는 교육에 전념하였다. 그는 젊은 인재들에게 '하늘 높이 솟아올라서 세상의 모든 소리를 귀담아 들으면서 큰 눈을 떠야 한다(飛耳·長目)'라는 말로 젊은 인재들의 열정과 이상을 꿈틀거리게 하였다. 그리하여 마침내 그들로 하여금 미래의 일본을 위해 몸과 마음을 함께 내던지게 하는 진로를 열게 했다.

그는 요절하였지만. 그의 제자들 13명이 명치유신 때 맹활약했으며, 유신 성공 후에는 세 사람의 내각 총리대신과 여섯 사람의 대신(장관)을 맡게 되었다는 엄청난 결과를 가져왔다. 더구나 우리를 전율케 하는 것은 그들이, 이등박문 등 정한론(征韓論)을 내세워 조선을 침략하여 식민지화 하고, 만주에 괴뢰 정부를 세운 주동자들이 되었다는 점이다.

이렇게 보면 난공불락의 대자연을 바꾸거나 한 나라, 혹은 이웃 나라의 운명까지도 바꾸게 한 것은 한 사람, 혹은 한 집단의 동기였다는 것을 알 수 있다. 인간 동기, 그것은 어쩌면 불가능을 가능하게 하는 신비한 힘으로서 새삼 경외(敬畏)의 대상임을 실감하게 된다.

성산 일출봉(日出峰)에서

-수험생 유신이에게

"전체 모양은 소쿠리 같다고나 할까? 울타리를 이루고 있는 바위들은 불도우저의 삽날 같고!"

"아니, 저 바위 봉우리들이 흡사 아래턱에 박힌 치아 모형 같기도 하네요!"

유신아.

지금 아빠가 서 있는 곳이 어디인 줄 알겠니? 우리 연수단 일행은 제주도의 성산 일출봉 정상(頂上)에 와 있단다.

가끔 최고 기온을 자랑하는 포항도 무척 덥겠지? 제주도도 '중복'을 하루 앞둔 오늘은 35도를 넘어 섰단다. 그 중복 땜이랄까. 아빠의 얼굴은 온통 땀으로 범벅이 되어 있단다.

그렇건만 남태평양의 푸른 바다와 저 분화구 안의 윤기 어린 초지(草地)를 스쳐 오는, 시원한 바닷바람에서 느끼는 상쾌함 또한 비길 데 없구나. 그러나 희망의 태양이 뜨는 이 성(城)에서 맛보는 이 희열(喜悅)은 그냥 얻어지는 것은 아니라는 생각이 들어. 비 오듯 쏟아지는 땀방울을 씻으며 중세 서양의 성(城)에서 보는 듯한 돌계단을 한 걸음 한 걸음 딛고 올라 온 사람만이 느낄 수 있는 이 상쾌한 희열은, 아무리 높은 이상이 있다 해도 당장 눈앞의 산을 오르지 않는다면 이룰 수 없는 게 엄연한 이치라는 것을 새삼 일깨워 주는구나.

유신아.

우리의 삶의 목적을 보통 '행복'에 두고 있다고 치자. 그렇다면 너가 이 땅의 대학 입시생으로 그렇게 힘들어하며 학교교육을 받는 목적도 소박한 의미로 보아 '행복'의 추구라는 테두리에서 벗어나지는 않을 거야.

그런데 오늘날 우리의 불안한 현실을 감안하면 '행복'이란 일출(日出)은 인내의 어둠을 거치지 않고는 맞이하기 어려운 것이 아닐까? 이 행복의 성(城)을 보렴. 바위 봉우리 벼랑을 사이에

초목은 이렇게 살라 하고

두고 고통의 바다 위에 떠 있지 않니? 그러기에, 우린 자칫하면 저 고해(苦海)의 나락으로 떨어질 수 있는 위험성과 동시에 고통을 딛고 벼랑 바위 사닥다리를 용기 있게 오르면 행복에 이를 수 있다는 것도 꿰뚫어 보는 능력이 필요하겠지. 고통과 행복의 공존, 곧 '번뇌(煩惱) 즉 보리((菩提)'의 법문(法文)을 아빠는 여기서 절실하게 느끼고 있단다.

이렇게 말하고 보니 생각나는 한 권의 책이 있단다. 언젠가 너와 경선이랑 시립도서관에 갔을 때 빌려 보았던, 돈 슈나이더의 수기 '절벽 산책' 말이야. 미국의 어느 명문대학 영문학 교수였던 그가 40대 초반 어느 날 갑자기 일방적인 해고를 당한 후의 고통스런 삶의 상황을 비유적으로 기록한 글이었어. 그의 안락하고 행복한 생활은 일순간에 절벽에서 추락하여 불행의 바다로 내려앉게 된 셈이지.

그는 귀향하여 2년 동안 자신에게 남은 재산을 모두 쓰고 난 뒤에 골프장 청소부를 거쳐 목수와 페인트공의 삶을 살게 되었단다. 그러면서 그는 그 책의 프롤로그에서 '마침내 삶이란 고해(苦海)일 수밖에 없다는 사실을 깨닫게 되었다.'고 실토하더구나. 우리도 IMF 구제 금융 시절을 겪으며, 우리가 행복의 성(城)에 산다 해도 그 성곽이 얼마나 무너지기 쉬운 것인가를 경험한 적이 있지 않니? 아니 그 상황은 아직도 지속되고 있는 현재 진행형이라 하겠지? 우리 사회의 실업률이 여전하고, 해직의 불안도 가시지 않고 있으니 말이다.

유신아.

난 다시금 푸른 초지(草地)와 그 둘레를 빙 둘러싸며 서 있는 벼랑 바위들을 하나하나 살펴보고 있단다.

앞에서 말했듯이, 이 평화스런 초원에도 늘 온화한 날만 있는 게 아니기에 춥고 눈 내리고 바람 부는 날에도 견고하게 버티어 서려면 평소의 단련이 필요하지 않겠니?

내가 이곳 일출봉에 오르기 전에 '제주조랑말센터'에서 서커스 및 '몽골마상쇼'를 보았단다. 몽골의 어린 아이들이 줄을 타는 솜씨와 말[馬] 위에서 벌이는 온갖 묘기에 우리 일행은 박수를 치기에 바빴지. 그러면서 저들이 얼마나 많은 훈련을 했으면 한 치의 실수도 없는 저런 연기를 활 수 있을까 하는 생각이 들더구나. 말하자면, 단련함, 혹은 훈련의 무서운 힘을 실감했다고나 할까. 부디 너도 지금의 수험 생활과 앞으로 너의 활동 분야에서 최고의 단련을 하여 우선 홀로 서고, 다른 사람들의 삶에 있어 넉넉한 도우미가 되어 주기 바란다.

초목은 이렇게 살라 하고

'수험 생활'이라 말하고 보니 한 가지만 더 당부하고 싶은 게 떠오르는구나.

"해야 할 일을 먼저 하면 원하는 일을 할 수 있는 날이 온다.

〈존 멕스웰, 짐 도넌의 '영향력' 중에서〉

'섭지코지'의 입구 해수욕장의 화장실에 들렀을 때였지. 소변기 위에 부착된 위의 글을 읽는 순간 아빠는 눈이 번쩍 뜨였단다. 평소에 너가 느껴 왔던, '해야 할 일'과 '하고 싶은 일' 사이의 갈등을 일격에 해소해 주는 촌철살인(寸鐵殺人)의 명구(名句)로 내게 다가왔기 때문이야.

그런데 최근 또 한 가지 놀라운 보도를 접한 적이 있단다. 아테네 올림픽을 준비하던 태릉선수촌의 태권도 연습장에 딸린 사무실 칠판에는 "하고 싶은 일보다는 해야 할 일을 하라."고 적혀 있었다는구나. 기자가 감독에게 그 글의 취지를 묻자 "어린 선수들이 당장 하고 싶은 일이 훈련은 아닐 것이다. 그러나 정말로 이루고 싶은 목표나 이상이 있다면 당장은 하기 싫어도 해야 할 일을 하라."는 뜻이라는 것이었단다.

이 말은 너와 같은 수험생들에게도 그대로 적용되는 말이 아니겠니?

　유신아.

　바로 지금 눈앞의 벼랑 돌계단을 몸소 오르지 않고는 결코 행복의 성(城에) 도달할 수 없다는 금언(金言)을 되뇌며, 아빠는 이제 이곳을 내려야겠구나. 너도 이른 아침부터 늦은 밤까지 '흘려야 할 땀'을 조금도 후회 없이 듬뿍 흘리려무나. 그리고 당당히 합격자 발표 게시판 앞에서 함박웃음을 터뜨리며, '이제는 원하는 일을 할 수 있는 준비가 되었다!'고 자축(自祝)할 수 있게 되기를 진심으로 바라고 싶다는 마음 전하며 이만 줄인다.

2004년 7월 29일.

제주 성산 일출봉에서 아빠가

초목은 이렇게 살라 하고

독도 강강술래

2008년 7월 31일 12시 30분! '아시아의 물개'라 불리는 조오련은 거친 물살을 헤치며 독도 둘레를 빙빙 돌아오는 외로운 고투(苦鬪)의 대장정을 마무리하였다. 그 해 7월 1일부터 그는 강강술래 하듯 태극기를 앞세우고 독도 주변 순례를 시작해 왔다. 광복 63주년을 기념해 독도가 우리 땅임을 만천하에 알리고, 기미독립을 선언한 33인의 대표에게 헌정하기 위해 독도를 33바퀴 헤엄쳤다는 것이다.

쉰여섯의 수영 선수 출신다운 그의 독도 사랑법에 나는 감격해 마지않았다. 이 소식을 접하는 순간 내 눈 앞에는 또 다른 두 가지의 독도 강강술래 장면이 서서히 겹쳐지며 다가왔다.

2005년 4월 19일, 저녁 8시 7분! 세계를 여행하던 '아인슈타인의 빛'이 독도(獨島)를 방문했다. 이 시각에 맞춰 독도를 둘러싼 오징어잡이 어선들 20척이 집어등의 불을 동시에 밝힘으로써 세계 속에 우리 독도의 모습을 찬연히 드러내게 되었다.

아인슈타인 서거 50주년을 기념해 하루에 지구 한 바퀴를 도는, 2005년 세계 빛 축제 행사의 일환이었던 것. 이 역사적인 장면을 어느 텔레비전 방송사는 그래픽으로 실감 있게 보여주었다. 칠흑 같은 어둠을 내쫓으며 하얀 종이배 같은 20척의 어선들이 바위섬을 에워싸는 모습은 마치 한 폭의 '강강술래' 그림의 이미지로 내게 다가왔다.

이런 영상을 보는 동안 내게는 또 하나의 강강술래 장면이 떠올랐다. 지난 2001년 6월 6일, 울릉도 근무 시절 독도(獨島) 관람 때의 기억이다. 이날 오후 2시에 독도수호대 회원과 울릉중학교 독도사랑 팀을 태우고 도동항을 출발한 선플라워호는, 죽도(竹島)를 왼쪽으로 두고 망망대해로 서서히 빠져 나갔다. 선내 VTR엔 '독도 365일'이라는 프로가 방영되고 있었다.

초목은 이렇게 살라 하고

한 시간 남짓 갔을까. 드디어 갑판으로 나가는 문이 개방되었다. 고개를 뒤로 돌리니 그야말로 사진에서만 보던 독도이다. 나도 모르게 "야! 독도다!"라고 외치지 않을 수 없었다. 새털구름이 엷게 깔린 사이로 햇빛은 아낌없이 쏟아지는데 둘이 나란히 나타나는 바위산의 모습은 사진으로만 보면서 상상했던 것보다 웅장하고 멋있다.

'우뚝 솟은 우리 국토여!'

이층 갑판으로 줄을 서서 올라갔다. 선상(船上) 현충일 기념식인양 독도수비대가 주관하여 묵념을 한다. 다음 순간 우리 모두는 소리 모아 부르짖었다.

"일본은 우리 국토를 탐내지 마라! 탐내지 마라!"

"우리는 독도를 지키러 왔다! 지키러 왔다! ……."

가슴에 담아 둔 말들을 쏟아 부으며 동도에서 서도로, 혹은 서도에서 동도로 빙글빙글 흰 물결로 원을 그리며 배는 나아간다. 그 모습은 외로운 배 한 척이 흰 물결을 상모 삼아 바다 위에 드리우며 강~강~술~래를 하는 것 같았다.

더욱 감격스러운 것은 그 한 척 배의 외로움을 달래며, 현지 수비 경찰들에게 힘을 북돋우려고 독도 수비대 소속 관람객들은 하이얀 종이배를 만들어서 물 위에 띄우는 것이었다.

"…이 신비의 섬을 사랑하고 잘 보존하여 영원히 우리 조국에 안길 수 있도록 기원합니다…….”

이런 소망을 담고 종이배는 선상 주위를 하얗게 한참을 날다가는 파도를 헤치며 독도 가까이로 다가만 가는 듯하였다. 우리 땅이면서도 상륙하지 못하는 국토의 막내 독도를 지키자고 그들끼리 강강술래를 하며…….

언젠가 여유가 생기면 다시금 울릉도행 선플라워호를 타보고 싶다. 이젠 독도에 상륙할 수도 있으니 말이다. 아니, 상륙하기보다는 조그마한 어선(漁船) 하나 빌려 타고 독도 주위를 빙글빙글 돌며 하얀 종이배를 한없이 뿌려보고 싶다. 강~강~수~월~래를 나직이 읊조리면서…….

〈'慶北文壇'(제24호), 2008. 08.〉

초목은 이렇게 살라 하고

성인봉(聖人峯) 춘기(春氣)

음력은 아니라 하더라도 새 천년 들어 처음으로 맞이하는 5월 5일, 오늘은 음양(陰陽)으로 보아 홀수, 곧 양(陽)이 겹치는 날이니, 참으로 생기가 왕성한 날이라 해도 좋겠다. 아니나 다를까. 정오경에 도달한 성인봉 정상엔 푸른 봄의 정기가 가득하다. 엷디엷은 산안개가 멀리로 퍼진 가운데 아른거리는 아지랑이는 봄의 정령(精靈)을 더욱 실감나게 해준다. 북쪽에 위치한 전망대로 약간 내려서니 나리분지 쪽엔 생동하는 푸른 봄의 축제 분위기가 한결 고조되어 있는 듯하다.

모처럼 맑은 날을 만나 사방을 조망(眺望)하게 된 기쁨을 가라앉히며 자세히 주변을 살펴본다. 전반적인 푸른 봄의 축제 속에서도 아직 정상엔 겨울의 흔적이 남아 있다. 봉우리의 동서쪽 능선에는 아직 잎을 피우지 못한 나무들이 더러 시무룩하게들 서있다. 골짜기 상류엔 하얀 눈이 약간씩 남아 있기도 하다. 손으로 만져 보면 아직 뼈에 시리도록 매운 맛으로 스며오지만, 겨울은 반드시 봄이 된다는 이치 앞에서 제 몸을 녹이지 않을 수는 없는 일이렷다. 가까이의 너도밤나무 잎들은 붉은색 겨울 외투를 겨우 벗고 나와서 그런지 아직 졸음에 겨운 듯한 모습인 반면에, 마가목의 잎들은 어리지만 어찌나 청신한지 귀여운 정이 절로 든다.

정상엔 이렇듯 봄이 늦게 오는 것임을 새삼 느낄 수 있다. 중턱에는 푸른 잎들이 제법 피어서 그늘을 만들어 주고 있었다. 아니, 산기슭 부근엔 마가목이 벌써 하얀 꽃을 피우고 있었던 것이다.

그러니까 봄의 여신은 산 밑에서부터 산 위로 이동하면서 봄소식을 전하는 모양이다. 그렇다면 산 전체도 한 그루의 나무처럼 뿌리로부터 봄기운을 끊임없이 빨아 올려 줄기로 가지로, 마침내 꼭대기로 밀어 올려주는 작업을 하는 것이렷다! 그렇다. 저 나리 분지의 빙 둘러 선 푸른 등성이마다 상승하는

초목은 이렇게 살라 하고

봄기운을 보라. 저기가 아무래도 이곳 울릉도의 자궁 같은 곳인가 보다. 태모신(胎母神)이 뿜어내는 생명 잉태의 기운이 저리도 활기찬 것을 보면.

문득, '피라미드는 정상부터 만들어지지 않았다.'는 로망롤랑의 말이 생각난다. 이 말의 진의(眞意)는 토대의 중요성에 있겠지만,'아래로부터 위로'라는 방향성에 있어 이 산에 봄이 오는 이치와 닮아 있다고나 할까.

어쩌면 이런 원리는 오늘날의 시대 기운인지도 모른다. 옛날에야 절대군주가 아래로 펴는 정치가 위주였지만, 풀뿌리 민주주의 시대인 지금에야 역사 발전의 토대는 민중에게 있지 않은가. 그러기에, 지난 4월 총선에서 시민 연대의 특정 후보 낙선 운동이 말해주듯 역사 발전의 큰 물줄기는 민초(民草)들의 끊임없는 노력과 투쟁에 의해 바뀌어 왔던 것이리라.

이 산에도 봄이 절로 오는 것 같지만, 산은 보이지 않는 곳에서 얼마나 많은 용틀임을 해 왔던가. 그러니까, 모든 생명은 저절로 자라는 것이 아니라 끊임없이 자연의 순환에 순행(順行)하려는 의지를 가지고, 장애를 극복하려고 투쟁하는 가운데 성장하는 것이다.

이러한 숭엄한 생명의 활동에 경의를 표하고 싶은 기억이 있다. 어느 해 1월 중순경 울릉도 '자생식물원'에서 본, 겨울을 나는 식물들의 모습이다. '섬엉겅퀴'는 2단계 작전으로 겨울 날씨와 승부를 겨루고 있었다. 뿌리 가까운 아랫부분은 안쪽이 노랗게, 가장자리 부위는 갈색으로 잎이 시들어 가지만, 이에 맞대응하여 윗부분에서는 야무진 새순이 보랏빛을 띤 푸른색의 배수진(背水陣)처럼 돋아나고 있었다.

가장 철저한 대결 자세를 보여주고 있는 식물은 아무래도 '울릉국화'였다. 향토 이름을 달고 있기에 자존심과 책임감도 강하리라. 이 식물은 인해전술(人海戰術)에 바탕을 둔 3단계 생존 전략을 세워두고 있었다. 아랫부분인 뿌리 가까이는 이미 말라서 검은 갈색으로 사라져 가고 있었으나, 중간 부분은 불그스레하면서도 창백한 노란색으로 기진맥진 싸우고 있었다. 하지만 윗부분에는 달맞이꽃이나 민들레의 경우에 볼 수 있는 '로제트'라는 월동형 조직 같은, 파랗고 싱싱한 군사들이 하늘을 호흡하며 봄을 기다리고 있었다.

이렇게 보면, 옛 사람의 풍류엔 수긍이 가지 않는 측면도 없지 않다. "청산도 절로절로 / 녹수라도 절로절로"라고 했지

초목은 이렇게 살라 하고

만, 녹수는 그렇다 치더라도 산이 봄을 '절로' 맞는 것은 아닌 것 같다. 오히려 "땅 속에서, 땅 위에서 / 공중에서 / 생명을 만드는 쉼 없는 작업."이라는 시구가 훨씬 통찰력 있는 표현임을 알 수 있다.

우리네 인생도 예외는 아니리라. 성장은 쉼 없는 투쟁의 과정이 아닌가. 병마와 싸우려고 휴식과 운동을 병행하고, 무지(無知)를 극복하기 위해 애써 배우는 등 생명을 아름답게 가꾸기 위해 부단히 활동하는 것이다.

활동, 이것은 생명의 특권이요, 의무이기도 한 것이다. '배는 항구에 정박해 있을 때가 가장 안전하다. 그러나 배의 목적은 그것이 아니다.'라는 말이 있다. 활동하지 않는 생명은 죽음과 다를 바가 없지 않을까. 그러니까 '활동'의 다른 이름은 생명의 투쟁이요, 승부의 과정임에랴……

정중동(靜中動)의 생기가 맴도는 성인봉의 봄기운을 호흡하며, 독일 하이델베르크 대학 신관 건물 벽 중앙에 새겨진 '활동하는 정신'이라는 건학 이념의 의미를 되새겨 본다.

〈2000. 5.〉

와달리(臥達里)에서

　내가 걷는 인생길은 우연인가, 필연인가. 잘 알 수는 없으나 체험으로 느끼기엔 우선 우연으로 시작되는 경우가 적지 않은 듯하다. 2000년 6월 11일, 일요일에 겪은 일만 해도 그렇다.

　울릉도 저동의 내수전에서 북면 죽암, 혹은 석포에 이르는 길이 무척이나 좋다고 해서 동료 두 선생님과 함께 출발하였다. 내수전 약수터를 지나 조금 더 위쪽까지 승용차로 가서 내린 후, 도로 개설에 따른 절개지가 두드러진 오르막길을 걸어 올랐다. 고개 이름이 무엇인지를 알 수 없으나 저동과 천부를 연결해 주니 '저천령'이라 해두자. 이 고개 마루에 서니 섬목의 앞부분 및 관음도와 죽도 앞 바다가 한눈에 펼쳐진다. 그 멋있

　　　　　　　　　　　　초목은 이렇게 살라 하고

는 창해(蒼海)를 배경으로 기념 촬영을 하고 고개를 넘어간다.

조금 내려가니, 2차선이 됨직한 넓은 길이 갑자기 좁아지면서 개발 이전의 옛 숲속 오솔길이 이어진다. 시원하기도 하거니와 신작로의 인위적인 맛을 떨친 자연 그대로의 숲길이 훨씬 정겹게 다가온다.

속칭 '정미화골짜기'를 지나 산모롱이를 돌아가니, 위쪽으로 가는 길엔 '죽암·천부'라는 팻말이 기다린다. 우리 일행은 아래쪽 길이 폐교가 된 분교가 있다는 석포, 곧 정들포 가는 길일 것으로 생각하고 별 망설임 없이 내려가기 시작했다. 그런데, 가도 가도 좁고 미끄러운 하산 길의 연속이라 이 밑에 학교가 있었으리라고는 도저히 상상이 되지 않았다. 가끔은 보조 밧줄을 타며 계속 나선형 길을 돌아내린다. 나중에야 안 일이지만, 이곳은 동네 이름답게 다리가 '와들와들' 떨리는 곳이라나. 이러기를 40여 분간, 드디어 해안에 당도했다.

우선 해병이 보초를 서고 있는 초소와 그 옆의 막사가 보였다. 현지 정보를 알아보려고 초소 쪽으로 향했다. 그런데, 이게 웬일인가. 초소 못미처에 장승이 하나 섰는데 거기에 흘림체로 '와달리'라고 씌어 있었던 것이다. 아뿔싸, 우리가 길을 잘못 든 것인가! 여기는 '석포', 곧 우리가 찾는 '정들포'가 아니었다. 초병에게 확인을 하니, 아니나 다를까 길을 잘못 든 것이라 했다. 석포는 죽암 쪽으로 산길을 더 가서 내려가야 한다고 했다. 적이 허전하고 실망스런 마음을 달래며, 주변을 살피니 여기도 작은 폐교(閉校)의 흔적이 있었다.

교사(校舍)의 뒤를 둘러보면 좌청룡 우백호인양 바위 벼랑의 양쪽이 앞쪽으로 두드러져 나와 감싸고 있는 형국이다. 동료 선생님은 "내가 보기엔 좌절벽, 우절벽이구만!" 해서 한 바탕 웃었다.

그러고 보니, 이 고을은 너무나 소외된 마을이었던 셈이다. 점심밥을 먹으며, 이곳 병사들도 당번을 정하여 우리가 온 저 험한 길을 걸어 저동에서 부식을 추진해 와야 한다고 생각하니 참 고생스럽겠다는 느낌을 지울 수가 없었다.

"그러나 저러나 밥을 먹고는 어디로 가지?"

"다시 올라가서 석포(정들포)로 갑시더!"

"그건 무린데……, 여기서 아직도 많이 가야하는 걸요."

"……?"

"그런데 우리가 여기 와 닿았니?"

누군가 이런 질문을 해놓고는 또 한바탕 웃었다. 이곳 '와달리'에 오는 사람들마다 한번쯤은 여기 '와(왜) 닿았니?' 하는 생각을 해 볼 지도 모를 일이다. 더구나, 우리 일행은 정들포(석포)로 가려다 잘못 들어온 '와달리'가 아닌가.

한편, 이곳에 부임해온 선생님들도 처음에는 '여기 와 닿았니?' 하는 생각을 했을 지도 모른다. 비록 사명감 하나로 멀리 육지의 고향을 떠나 절해의 고도(孤島) 중에서도 고도(孤島)인 이곳에 당도했지만, 첫 소감은 "왜 왔던고?" 하며 눈물어린 하소를 하는 것도 인지상정이 아닐까. 그러다가 마음을 가다듬고 살다보니 정이 들어갔을 것이고…….

문헌에 의하면 옛날 황윤영이라는 한학자(漢學者)가 처음 이곳에 와서 은거, 수도하면서 '혼자 누워(臥) 살아도 도가 하늘에 달(達)한다.' 하여 '와달리(臥達里)'라고 했다고 전한다. 그러나, 그 한학자라 해도 처음에야 마음 잡기가 그 어디 쉬웠으랴. 다른 선택의 여지없이, 그는 어쩌면 오른쪽 절벽 밑에 있는 '용굴(龍窟)'에서 한 마리의 용처럼 승천할 날을 기다리며 수도생활을 하는 수밖에…….

나 자신도 가끔은 '왜 섬에 와 있느냐?'는 회의가 들 때가 있지만, 정이 들면 그 곳이 내가 머물 곳일 수 있고, 그렇게 얼려 살아가는 것이 또한 인생이 아니랴 자위해 본다. 아니, 그렇게 몇 년 동안은 사서라도 수양 생활을 해봄 직하다고 오히려 마음을 바꿔 보는 것이다. 내가 아침마다 아내와 함께 남양 앞 바다의 둥근 조약돌을 밟으며 좀 더 너그러운 삶을 살고자 꿈꾸는 것도 이런 생각에서임은 말할 것도 없다.

　그렇다. 우리네 인생행로가 언제나 정도(正道)로만 나아가는 것이 아니라, 때로는 예기치 않게 바뀔 수 있는 것이다. 그리고 살다보면 잠시 옆길로 접어 들 수도 있는 법. 윤선도가 제주도에 가려다 보길도에 머물러 정주며 살았듯이 말이다. 하긴 신선(神仙)도 길을 잘못 들어 적강(謫降)하는 수가 있지 않느냐! 자신을 적강한 신선에 비유하여 정철은 관동별곡에서 '황정경(黃庭經) 일자(一字)를 어이 그릇 읽어 두고 인간(人間)에 내려와서 우리를 따르는가?'라고 풍유스럽게 읊었던 것이다. 그러니, '와달리'라 해도 마음먹기에 따라서는 '정들포'가 아니랴!

　다시금 우연히, 낚시를 하러 왔다는 이웃 읍내 선생님들을 만나 그들이 예약해 둔 충무호에 동승해 오면서, 나는 나 자신의 '입도(入島)의 변'을 되뇌어 보았다.(2000)

　　　　　　　　　　　초목은 이렇게 살라 하고

봉래폭포를 바라보며

시원한 물줄기를 하염없이 바라보고 있노라면, 울릉도 저동(苧洞)의 봉래폭포는 아무래도 물레 폭포 같다. 동력원인 제1 폭포는 마치 빙글빙글 돌아가는 물레방아 수차의 한쪽 모습인 듯하다.

다시 생각해 보면 그것은 생전의 우리 할머니가 하얀 실을 잣던, 돌아가는 물레바퀴의 한쪽 모습 같기도 하다. 어쩌면 제1 폭포의 뒤편엔 아마 인자하신 우리네 할머니 한 분이 앉아 계시는 것은 아닐까? 그 할머니의 속명(俗名)은 아마도 '봉래'이리라. 그리고 이 폭포의 수원(水源)은 성인봉 중턱에서 용출(湧出)되는 지하수라 하거니와, 그 산중턱은 말하자면 목화

밭이 있는 마을인 셈이랄까.

어릴 적 나의 고향 '청림(靑林)'마을에 목화밭이 있었다. 하교할 때 그 밭머리에서 형들과 풋목화 다래를 따 먹곤 했다. 껍질을 벗겨, 설탕물에 담근 작은 솜 같은 속을 입에 넣으면 연하고 부드러우면서 달착지근하게 입안에 녹아들던 그 맛. 가을이면 온 밭에 다래 껍질이 벌어져 피어나던 하얀 목화 꽃송이들이 눈에 선하다.

제2 폭포의 물줄기는 물레의 '가락'에 하얗게 감겨가는 실타래, 혹은 실꾸리를 연상케 한다. 옆의 작은 물줄기들은 큰 실타래 옆으로 풀리어 흩어지는 듯한 서너 줄기의 작은 타래들 같고⋯⋯.

제3 폭포는 실을 잣기 전의 원료인 목화(솜)가 함지박에 담긴 채 물레의 왼쪽 '괴머리' 곁에 놓여 있는 모습 같다. 한쪽이 터진 작은 바윗덩이가 평지에 닿아 있고, 그 터진 부위로 하얗게 쏟아져 내리는 물줄기는 바로 그런 모습이다.

그리하여 '봉래' 할머니는 나의 환상 속에서 끊임없이 실을 자아내고 있다. 그것은 그대로 천연 물레인 것이다. 아, 저렇게 쏟아져 내리는 무명실들을 다 모아 옷을 짓는다면 이 섬의 의생활 걱정은 없을 것 같은 생각이 든다. 그리고 우리들 모두가 소박한 전통 무명옷을 지어 입을 수만 있다면, 온 나라를 떠들썩하게 했던, 오늘날 저 고관 부인들의 사치스런 고급 옷 로비 사건 같은 것은 애초에 일어나지도 않았을 것이 아닌가?

문득, '간디의 물레'가 생각난다. 간디는 인도가 영국으로부터 독립하기 위해서는 먼저 경제적으로 자립하는 것이 필요하다고 판단해서, 국민들에게 옷감을 짜자고 호소하면서 손수 물레를 돌렸다. 이 운동은 곧, 전국적으로 퍼져 '국산품 애용 운동'으로 확산되었고, 국민들은 마침내 영국에서 들여 온 기계로 짠 옷감들을 모두 불살라 버렸던 것이다.

참으로 아이엠에프(IMF) 구제 금융 이후 줄곧 어려운 상황에 있는 우리에게 아쉬운 것은 우리 선조들의 절약 정신이 아닌가 싶다. 헤진 곳을 꿰매고 또 꿰매어 누더기처럼 누벼 입던 그 때의 그 정신이 말이다. 비단, 의생활뿐만이 아니라 모든 측면에서 우리는 조각보를 만들어 쓰던 선조들의 패치워크 (patch-work) 정신을 이어가야 하지 않을까.

아무튼 오랜 동안 가족의 입을 거리를 생산했던 저 물레는 오늘날, 우리 할머니들의 애환을 간직한 채 섬유공업의 발전을 낳고 우리 곁을 사라져 갔다. 그래서 이제는 베틀과 더불어 다만 도동읍의 '향토자료관' 한 편에서 애처로이 명맥을 유지하는 신세가 되고 말았다.

　물레, 그가 비록 지나간 시대의 유물이라 해도 잊을 수 없는 것은 오늘 우리의 의생활 문화를 있게 해주었고, 밝은 내일을 창조하는 밑거름이었다는 가치를 저버릴 수 없기 때문이다.

　물레처럼 돌아내리는, 봉래 폭포의 저 시원한 물줄기는 나의 환상 속에서 영원히 무명실을 자아내리라!(2000)

초목은 이렇게 살라 하고

골계 바닷가에서

휴일 오후다. 난 지금, 옛날엔 '골계마을'이라 불리던 울릉도 서면(西面) 남양(南陽)의 바닷가 조약돌 둔덕을 거닐고 있다. 남해 보길도의 예송리 해변에서 이런 조약돌밭을 보긴 했지만, 이들이 파도에 밀리는 소리를 자세히 듣기는 처음이다.

'부푸아–쏴르르–, 부푸아–톼르르–'

어느 먼 곳에서 바람의 늠름한 전령사인양 하얀 거품 꽃을 흩날리며 다가오는 물결을 따라 조약돌들도 우르르 밀려온다. 그러다 그 거품 꽃들이 스르르 질 무렵이면 돌아가는 물결을 따라 그들은 또 미끄러져 내려간다. 이 때 좀 작은 돌들은 '쏴르르–' 하고 음정이 높은 소리를 내고, 비교적 굵은 돌들은

'퇄르르–' 하는, 투명하면서도 어찌 들으면 둔탁한 음색을 드러낸다. 미끄러져 내려간 돌들이 미처 제 위치를 잡기도 전에 또 한 줄기 파도의 물굽이가 다가오고, 돌들 또한 따라 오른다. 이렇게 반복되는 파도의 모습을 정지용은 그의 '바다'라는 시에서 잘도 표현해 준다.

"오·오·오·오·오 소리치며 달려가니, 오·오·오·오·오 연달아서 몰아온다."

그렇게 '연달아서 몰아'오는 물결의 기세에 떠밀려 오르내리는 환석들의 삶, 저것은 급격한 변화의 시대를 사는 우리들의 상황과 흡사하다는 생각이 들기도 한다.

이런 연유 때문일까. 일상의 분주함을 벗어나고파 이곳 해안을 찾건만 내 눈에 보이는 것은 바쁘기만 한 물결의 모습이다. 그렇다면 어차피 현대 사회를 살아가기 위해서는 저 물결의 부지런함을 배우는 것이 현명하지 않을까.

이런 생각을 하면서, 파도에 젖어 검게 보이는 돌들과 이미 물기가 말라 청백색(靑白色)으로 보이는 돌들 사이의 언저리를 따라 맨발로 걸어본다. 걸음을 옮길 때마다 내게로 역력히 다가오는 것은 발아래 환석들의 감촉이다. 이들이 이렇게 부드러움과 매끄러움으로 다가올 수 있는 것은 지난날 어느 시기까지는 지금의 저 물결 아래의 조약돌들처럼 혼란 속에 닳고 닳으면서 원만함을 획득했기 때문일 것이다.

말하자면, 환석들이 오늘 이렇게 둥근 모습으로 해안 둔덕에서 여유 있게 휴식을 취할 수 있는 것은 오랜 수련의 과정을 견뎌 낸 덕분이 아니랴. 하루 이틀에 저렇게 둥근 모습을 얻는 것은 꿈에도 달성하지 못할 일이기에 말이다. 그러고 보면 저 물결 아래의 조약돌들이 자의반 타의반으로 분주히 왕복 운동을 하는 것도 무의미한 일은 아니렷다. 아니, 오히려 물결보다도 먼저 움직임을 시도하리라는 다짐 속에 조약돌의 빛나는 미래가 보장되는 것이 아닐까.

우리네 인생의 경우라도 다를 바가 있으랴. 삶이란 완성을 기약할 수 없는 수련을 통한 자기 극복의 과정이기에…….

'부푸아–쏴르르–, 부푸아–톼르르–'

밤낮없이 파도를 벗 삼아 자신을 한없이 단련하는 환석의 가쁜 숨소리가 다시금 내 귓전을 울린다.

돌에 붙인 여정

태종대의 '모자상(母子像)'

누가 '목석(木石)같다'는 말을 함부로 할 수 있을까. 부산 태종대의 '모자상'을 보며 이런 생각을 해보았다.

태종대 공원의 남단 순환 도로 변에 건립된 163평의 전망대 한가운데에 세워진, 가로 180㎝², 세로 150㎝², 높이 210㎝²의 조형물! 이것은 조각가 전뢰진 씨가 부산시의 부탁을 받고 오로지 '구명(救命)'의 일념으로 돌을 쫀 예술혼의 쾌거라 할 만한 작품이다.

한복 차림의 이 땅의 어머니가 남매를 보듬어 안고 있는 형상! 혹여 극단적 선택을 하려던 사람들도 이 모습을 보고는 자신의 어머니를 생각하지 않을 수 없으리라. 다음 순간 그 사람들이 발길을 되돌릴 때마다 이 모자상에는, 신성한 임무를 다한 보람으로 미소 꽃이 고요히 피어나리라.

너무나 인간적인 석고상
동베를린 '소련군 공동묘지' 입구에서

세월이 가도 인간의 기본적인 성정(性情)이 변하지 않는다는 것은 참으로 다행한 일이다. 그리고 그것은 또한 인류를 위한 구원의 빛과 같은 것이 아닐까.

1996년 여름 유렵 여행 중 독일 동베를린의 '소련군 공동묘지'를 보면서 내가 느낀 것은, 모든 이념이라는 것은 허무한 것이고, 종국에 남는 것은 인간적인 것뿐이라는 점이었다. 동구권뿐만 아니라 70년 사회주의의 역사가 종주국 러시아에서조차 무너져 내린 오늘날, 묘지 입구에 새겨진, '사회주의 국가의 평화와 자유를 위해 죽어간 용사들의 영원한 영광을 위해'라는 구호는 허무한 메아리에 지나지 않아 보였다.

　반면에 시대가 변해도 우리의 가슴을 울리는 것은 묘지 입구에 있는, 석고(石膏)로 빚은 여인상(女人像)이었다. 묘지 앞에 마주 보고 서 있는 '아버지 군인상'과 '아들 군인상'을 향해 소망과 기다림의 가슴을 달래고 있는 그 조형물은 인간적인, 너무나 인간적인 모성상(母性像), 혹은 망부상(亡夫像)이었다. 자식을 전장(戰場)에 내보내고 애태우는 모성상, 그것은 모윤숙 시인의 '어머니의 기도'처럼 우리에게 다가온다.

　　아들은 어느 산맥을 지금 넘나 보다. / 쌓인 눈길을 헤엄쳐

　　폭풍의 채찍을 맞으며 / 적의 땅에 달리고 있나 보다.

　　애달픈 어머니의 뜨거운 눈엔 / 피 흘리는 아들의 십자가가

　　보인다.

　　주여! / 이기고 돌아오게 하옵소서. / 이기고 돌아오게 하옵

　　소서.

　또한 전쟁터에 나간 남편을 기다리다기다리다 그대로 돌이 되어, 그래도 다소곳이 남편을 기다리는 망부상(亡夫像)이기

도 한 그 여인상은 이중으로 우리를 마음을 여미게 해주는 그 무엇이 있었다.

모성(母性), 그 '영원히 여성적인 것'이, 나아가 모든 인간적인 것이 세상을 구원할지니…….

탐라목석원의 '갑돌이(甲乭伊)의 일생'

돌에 관한 명상을 자연스레 이끌어 주는 소재는 아무래도 제주 '탐라목석원'의 '갑돌이의 일생' 코너가 아닌가 한다. 돌을 위주로 나무의 보조를 받아 진열해 놓은 서사적 과정이 여행객의 호기심을 자극하고 있다. 이 코너가 마련된 것 자체가 한 청년의 꿈과 호기심의 결실임에랴.

이 서사적 줄거리의 중심 소재는 갑돌(甲乭)군과 석순(石筍)양의 결혼과 그 이후의 삶의 과정이지만 그것의 함축적 의미는 현실과 이상의 융화 속에서 살아가는 것이 인생살이라는 것을 보여주기 위한 연출이라 할 수 있다. 이와 관련하여 재미있는 발상은 부부가 산신령에게 빌어 얻은 자식이 '현실'과 '이상'이라는 이름의 쌍둥이 남매라는 점이다.

갑돌이는 이상의 세계를 향해서 온갖 세상 풍파 속에서도 신념을 잃지 않고 황소처럼 열심히 일해서 마침내 큰 부자(富者)가 되었다. 그러나 이후 갑돌이는 보통 부와 권력을 지닌 사람들이 그렇듯이 이웃을 위해 봉사하기보다는 교만을 가까이하게 된다. 뿐만 아니라 이상을 잃고 현실에만 너무 집착하여 물질에 눈이 어두워지고 만다. 하지만 끝까지 이상의 세계를 지켜 가던 석순이의 기원으로 갑돌이는 일주일 동안의 온갖 악몽에 시달린 후 신 앞에 엎드려 과거를 반성하게 된다. 그 후 갑돌이는 이상과 현실이 함께 하는 행복한 가정으로 돌아와 인생을 재미있게 살았다는 얘기이다.

이러한 갑돌이의 일생 중에서 가장 문제가 된 것은 그가 부와 권력을 지니게 되면서부터 너무 '현실'에 집착하게 되었다는 점인 것 같다. 이것은 사람이 이상(理想)을 잃을 때 그의 삶이 메마르고 초라해지는 위기에 직면하게 됨을 잘 보여 준다. 또한 이러한 사실은 '청년 시대에 가졌던 이상을 일생 동안 실천해 갈 수 있는 사람이야말로 참으로 위대하다.'는 말의 진의(眞意)를 새삼 깨닫게 해 준다. 왜냐하면 대부분의 사람들

초목은 이렇게 살라 하고

의 경우 젊은이 때의 야망은 현실의 벽에 부딪혀 서서히 약화되거나 소멸되기 마련이기 때문이다. 그리하여 현대인이 지닌 병폐의 하나는 획일적 일상(日常)에 젖어 자기다운 절실한 꿈이 없다는 것이라 해도 별로 틀린 말은 아닐 것이다. 유토피아는 없다 해도 인간의 꿈들이 모여야 그러한 곳에 가깝게라도 접근하게 될 텐데 말이다.

결국 유토피아의 섬을 향한 배는 언제나 현실과의 조화를 위한 끈을 유지하며 인간의 이상 실현을 위해 현재 진행형의 항해(航海)를 지속해야 하는 존재인가 보다.

화엄사의 '4사자3층 석탑'

'93년 하계휴가 맞이 직원 여행 중에 구례 화엄사의 효대에 올라 '4사자 3층 석탑'과 그 앞의 석등을 만나게 되었다.

이 탑은 선덕여왕 14년(645년)에 자장율사가 조성한 것이라고 안내 표지판은 전한다. 이 조형물은 4면에 각 3구씩 천인 주악상(天人奏樂像)을 양각한 기단부 위, 연화대에 꿇어앉은 암수 두 마리씩의 사자가 네 귀퉁이에서 개석을 받치는 가운데 어머니 상이 중앙에 위치해 있는 형상을 보여준다. 그리고 그 개석 위로 3층 석탑의 탑신이 올려져 있어 그 진귀함이 국보 제35호라는 이름에 값하고도 남음이 있었다.

맞은 편 석등 속에서 그 석탑 안의 어머니를 마주 우러러보며 여의주(如意珠) 차(茶) 공양(供養)을 올리고 있는 아들의 모습은 참 진지하면서도 기특해 보인다.

요컨대 연기(烟起)조사가 어머니께 공양을 드리는 모습을 조형화 한 이 돌탑은 어느 문인의 말처럼 '그대로 축약에 축약을 더한 한 편의 소설'인 셈이다. 이렇게 무심한 돌탑을 대상으로 앞뒤의 상황을 헤아려 서사의 틀을 이해하게 된 다음 순간, 우리는 두 손을 모으며 각기 제 어머니를 그려보게 되는 것은 인지상정일 것이다.

> 그리워 나도 여기 합장하고 같이 서서,
>
> 저 어머니 아들 되어 몇 번이나 절하옵고.
>
> 우러러 다시 보오매 웃고 서 계신 저 어머니.
>
> (이은상, '효대' 중 셋째 수)

초목은 이렇게 살라 하고

그러고 보면 유의미한 사물, 예컨대 '돌'과의 감동적인 만남으로서의 여행은 배움의 과정에서 점수(漸修)를 뛰어넘는 돈오(頓悟)의 계기가 될 수 있다는 데 그 의미가 있다 할 것이다. 다만 이러한 의미는 여행 당사자들이 맑고 풍부한 가슴을 지니고 있어야 한다는 점, 그리고 사물을 유심히 보고, 깊이 생각한다는 것이 전제되었을 때 타당성이 있으리라. 흔히 '백문불여일견(百聞不如一見)'에 여행의 의미를 둔다지만, 또한 '백견불여일고(百見不如一考)'라고도 하지 않는가.

다슬기를 주우며

초여름의 내연산(內延山) 보경사(寶鏡寺) 계곡은 신록으로
하여 더없이 생기가 넘쳤다. 주위에 펼쳐진 민둥산마저 아파
트 숲에 가려져 삭막하기만 한 도심(都心)을 떠나 모처럼 신선
한 바람을 호흡하게 되니 그저 푸근하고 상쾌하기만 하였다.

우리 일행은 뚜렷이 가야할 목적지도 없었다. 떨치고 나온
홀가분함 그 하나로 마냥 산책을 하다가, 누군가의 제안으로
계곡 물에 들어가 다슬기를 줍기로 했다.

나도 바지를 걷어 올리고 물에 들어섰다. 대번에 발목엔 시
원하다 못해 사무쳐 오는 차가움. 처음엔 큰 바위에 붙은 다
슬기들을 한 마리씩 손으로 떼어내 보았다. 그러다 냇물 바닥

초목은 이렇게 살라 하고

을 들여다보았다. 작은 돌들에도 두셋 씩 모여 있는 그들.

우연한 호기심으로 다슬기가 붙어 있는 작은 돌 하나를 물 위로 집어 들었다. 그 돌을 한 손바닥 위에 비스듬히 받쳐 세우고 나서 다른 손끝으로 다슬기를 살짝살짝 건드려 보았다. 그는 낭떠러지가 형성된 줄도 모르고 그만 자기의 삶터에 굳건히 붙이고 있던 주둥이를 다물어 버리는 것이었다. 다음 순간 또르르 나의 손바닥으로 굴러 떨어지는 작은 검둥이. 아뿔싸, 하등동물의 반사 운동에서는 외부 자극에 대한 적절한 대처 기능이 발휘되지 못한다더니, 다슬기도 그런 존재에 지나지 않는구나! 공연히 내가 심한 장난을 한 것 같아 그에 대한 미안한 생각과 연민의 정이 뒤엉켜왔다.

한편으로는 다슬기를 함부로 얕잡아 보는 것은 경솔한 견해가 아닐까 싶었다. 비록 몸집이 작고 색깔이 회검정이어서 더럽다는 편견을 가지기 쉽지만, 다슬기야말로 본시 깨끗한 물에만 사는 청결한 족속이 아닌가! 이렇게 보면 다슬기의 무조건 반사라는 것도 이유 있는 행위처럼 여겨진다. 곧, 어쩌면 코끼리의 상아 같은 모양의 청정(淸淨) 더듬이를 안테나처럼 세워 있다가 자신의 청결을 해치는 존재의 출현에 맞서 자기다운 방어를 하는 것이라 할 수 있지 않을까.

　그 안테나는 소우주인 자신이 물을 매개로 대우주를 향해 열어 놓은 생명의 창(窓)이렷다. 그리하여 온갖 산새 소리, 솔바람 소리를 실은 계곡의 물소리가 아니면 듣지를 않고, 풀잎 향기, 꽃향기 어린 샘물 내음이 아니면 맡지를 않을 터이다. 그러니 인간의 '시비성(是非聲)'에 절은 악취 앞에서 창문을 닫을 수밖에 더 있으랴. 그것은 비록 자신의 겉은 몰라도 결코 속은 더럽힐 수 없다는 단호한 선언이랄까. 그리고 보니 윤고산(尹孤山)의 '견회요(遣懷謠)' 한 구절이 생각난다. '옳다 하나 외다(그르다) 하나 내 몸의 해올 일만 닦고 닦을 뿐'이라는 그 강단(剛斷) 있는 한 마디가. 더구나 그는 계곡 물에 섞인 불순물이 돌에 옮아 붙은 '물때'를 먹고 살아가기에 계곡의 물속 청소부라 할 만한 존재가 아닌가.

　내 손에 담긴 다슬기들을 다시금 바라보았다. 새로운 발견에 스스로 흡족해 하면서도 난 숙연해짐을 느꼈다. 혼탁(混濁)함 속에서 머뭇거려야 할 일이 많은 우리 사회를 생각해 보면, 야무지게도 자신의 청결 신념을 지켜가는 다슬기를 미물(微物)이라 하여 부러워하지 않을 배짱이 없기에 말이다.

〈'월간에세이', 1998. 9.〉

검보랏빛 아침

영일만 연안의 흥해읍 오도1리. 장기곶과 대칭을 이루듯 길쭉하게 앉아 있는 마을 앞 바위섬이 까마귀를 닮았다 해서 '오도(烏島)'라 불리고 있는 곳이다.

우리 동기회 회원 일동은 이곳에서 일박을 마친 후 새로운 아침을 맞고 있다. 부두엔 벌써 남녀노소 가리지 않고 집집마다 가족들이 모여 그물을 떨고 있다. 약간은 늦잠을 잔 것이 쑥스러워 물끄러미 기웃거리며 그 옆을 서성대니,

"아저씨, 성게 좀 사이소. 일본에 수출하는 거, 영양에 좋아요."

하고, 중년의 아주머니 한 분이 권하신다.

"어떻게 먹나요?"

"한 중간을 딱 갈라서 노란 알이 나오믄 간을 해서 밥에 비벼 먹으면 그저 그만 인기라."

생선 장만하기엔 아주 손방이라 선뜻 마음을 내지 못한 채, 바닷가 쪽으로 조금 돌출한 건물의 2층 마을 회관에 올랐다. 그 곳엔 벌써 생기 어린 아침을 담으려는 의욕적인 아마추어 사진작가들이 이 섬을 찍고 있다. 마을 뒷산을 바라보니 영덕 강구(江口)의 '나비산'처럼 쌍으로 봉우리가 나란히 앉아 있다. 인근의 봉우리들과 아울러 오봉산(五峰山)이라 부른다고 한다. 최고봉엔 봉수대가 있었다는데, 마침 정월 대보름을 얼마간 지나 한 쪽이 좀 이지러진 달이 양 봉우리 사이에 걸려 있다. 마치 자연 그대로가 한 폭의 '오봉산일월도(五峰山日月圖)'를 펼쳐 보이는 듯하다.

그런 뒷산을 배경으로 물결이 너울너울 부지런히 움직인다. 우리가 잊고 있는 동안에도 조석(朝夕)을 막론하고 출렁이는 물결. 이를 생각해 보면 자연의 정중동(靜中動)이랄까, 쉼 없는 역동성을 실감하지 않을 수 없다. 이런 자연 속에서 자연처럼 싱싱한 삶을 살아가는 주민들이기에 또한 활기찬 아침

초목은 이렇게 살라 하고

을 맞는구나. 이런 물결의 율동에 맞추기라도 하듯 갈매기들은 오르락내리락 한다.

거기에 어울려 그물을 뜨는 섬 가족들의 손길도 한결 가벼워 보인다. 그러니까 이곳 부두는 흥겨운 아침 일터의 현장이다. 흡사 경주 '황남빵'을 빚는 아저씨들이 덩실덩실 어깨춤을 추듯 밀가루를 반죽하는 장면과 같다고나 할까. 그것은 피아노의 건반을 치는 이가 소리의 높낮이에 맞춰 몸도 함께 움직이는 경우처럼 마냥 즐거워, 보는 이로 하여금 저절로 흥에 겹게 해준다. 이렇게 일이란 즐겁게 열중해야 하는 건가 보다.

그래, 불혹(不惑)의 문턱에 선 올해는 교직 생활의 초심(初心) 때처럼 의욕적으로, 그리고 질적·창의적 수준을 높여 일에 흠뻑 빠져 보자. 바쁜 꿀벌은 슬퍼할 겨를이 없다던가. 파우스트가 공사장에서 땀을 흘리며 외친 '순간이여 영원히 멈춰라.'는 소리를 다시 귀에 익히자꾸나.

새벽 5시에 어둠과 함께 출어(出漁)한 주민들이 돌아와 그물을 뜨는 현장으로 되돌아왔다. 아직도 땅바닥에서 꿈틀꿈틀하는 성게 네 마리. 까만 몸집에 붉은 반점들이 송알송알 맺혀 있다. 그 모습엔 해를 감싸고 검붉은 빛으로 밝아오는 영일만의 아침이 담겨 있고, 까만 오도의 형상이 어려 있으며, 불그레한 바닷말을 달고 있는 검정색 그물을 뜨는 이곳 주민들의 삶이 배어 있는 듯하다.

"아주머니, 이 성게들 주이소!"

"아이구, 아까 그 아저씨네!"

아주머니는 반가운 표정으로 멍게 두 마리도 끼워 주신다.

비닐봉지 속에서 성게들이 꿈틀꿈틀할 때마다 생기 있고, 건강한 이 섬의 검보라빛 아침이 나의 가슴에 쌓인 타성(惰性)의 티끌을 쓸어내며 시나브로 성숙을 더하고 있음을 본다.

〈'월간 에세이', '95 .10.〉

초목은 이렇게 살라 하고

봄날의 동화(童話)

자연은 언젠가는 돌아가야 할 우리들 영혼의 고향이기에 일상의 그늘에 가려 살면서도 우리는 늘 그것을 그리워하는지도 모른다. 더구나 고향산천이라는 말이 있듯이, 고향의 자연은 어머니의 품처럼 포근한, 심도 높은 그리움의 대상임은 인지상정이리라.

멀리 두고 그리워하다가 올해 봄에 고향이 가까운 영덕으로 돌아왔을 때, 산과 내와 들과 바다를 속속들이 살펴보고 싶은 충동을 느끼곤 했다. 그러나 이런저런 사정으로 기회를 잃고서 서운한 가슴만 어루만지며 4월도 하순에 이르고 말았다.

'영덕이 자랑하는 복사꽃을 우선 보아야지.' 하는 다짐을 실행한 것은 그 무렵 어느 일요일 오후였다. 강구(江口)를 출발하여 동해고속화도로를 따라 영덕읍을 향해 걸었다. 가끔 먼 산기슭에 연분홍 색실로 점점이 새겨진 수틀 같은 작은 복숭아밭들이 눈에 띄었다.

나는 별로 오래 걷지 못하고 걸음을 멈춰야 했다. '오십천 휴게실(매점)'이라는 간판이 붙은 상점을 보면서 산굽이를 돌아서자 들판 여기저기마다 화사한 봄기운을 풍기는 정경이 나를 사로잡고 만 것이다.

매점 옆의 제방에 올라 나무 벤치에 앉았다. 바람이 제법 불고 있었다. 오십천(五十川) 저 너머로 펼쳐진 복숭아밭 위로 감도는 봄기운은 따사로운 햇살을 받아 이효석의 표현 그대로 붉은 '소금을 뿌린 듯 숨이 막힐 지경'이었다. 그런 무릉도원을 감싸고 영덕 앞을 지나온 냇물이 넓디넓은 송판(松板)처럼 나이테 무늬를 그리며 내 앞에서 강구동으로 휘돌아 흐르고 있었다.

상쾌한 기분이다. 사철 흐르는 냇물이 없는 곳에서 자란 나는 이러한 시내를 동경하곤 한다. 군복무 시절의 북한강 철책

초목은 이렇게 살라 하고

근무의 추억이 잘 잊혀 지지 않는 것도 그러한 연유이리라. 이 맘때쯤 전망대 초소의 초병은 밀물을 맞아 서해로부터 살금 살금 돌아온 물결들이 물새들과 반가움을 나누는 장면을 은 빛 갈대밭 너머로 선연하게 지켜볼 거다.

고속화도로 위를 쉴 새 없이 오가는 차량들의 행렬을 뒤로 느끼며, 나의 상념도 시선을 따라 오르락내리락 하고 있다. 저 건너 천변 무릉도원에서는 지금 복사꽃 아가씨들이 미인 선벌대회에라도 참가하고 있나 보다. 저마다의 수줍음과 흥 분으로 저리도 볼그레한 웃음꽃을 피우는 걸 보면.

이런 생각을 하는 순간 저 멀리서 아지랑이처럼 가물거리던 갈매기 떼들이 이쪽으로 날아들고 있었다. 또한 내 머리 위로 제트기처럼 대여섯 마리가 복숭아밭 위를 휘돌아오더니, 아 까의 갈매기 떼들을 인솔하여 우르르 함께 냇물에 내려앉는 다. 모두들 옹기종기 모여 앉아 이야기꽃을 하얗게 피우고 있 었다. 무슨 얘기들일까? 아마도 미인선발대회의 심사위원들 로 위촉된 갈매기들이 동료들에게 심사 기준을 설명하고 있 으렷다. 그렇다면 제트기처럼 날던 갈매기들은 심사위원들인 가 보다.

잠시 후 갈매기들이 모두들 하늘로 솟아올라 빙글빙글 원을 그리며 복숭아밭으로 날아갔다. 이제 갈매기들의 심사 활동과 관람이 시작되나 보다. 아래 혹은 위로 부지런히 오르내리며 복사꽃 아가씨들의 용모와 자태를 관찰하나 보다.

한참을 지났다. 이번엔 복숭아밭을 가로질러 아이들이 쪼르르 냇가로 몰려왔다. 웬 아이들일까? 대여섯은 되어 보인다. 옳지, 이제야 알겠구나. 그렇다면 이 대회는 아이들이 주최자란 말이지!

몰려온 아이들은 모래성을 쌓기도 하고, 모래 위에서 빙글빙글 제자리 돌이를 하다 그만 넘어지기도 하며 유쾌히 놀고 있다. 마치 타고르의 시(詩) 속 아이들이 바닷가에서 즐거워하는 것처럼.

다음 순간 몇몇 아이들이 옷을 훌훌 벗어던지더니 갈매기들이 모여 앉았던 냇물로 줄을 지어 뛰어들었다. 얼마나 기다려온 순간이냐! 아이들은 다가온 봄이 마냥 즐거운 모양이다. 그러기에 주최자의 입장도 아랑곳없이 심사를 갈매기들에게 맡겨두고는 놀이에 열중하고 있는 게지.

그 때 문득, 저 아이들도 겨울 동안 복숭아나무 속에서 겨울

잠을 자고서 새싹과 함께 뛰쳐나온 것이라는 생각이 들었다. 문덕수의 '나무와 아이들'이라는 시가 연상되는 순간이었다.

발거벗은 / 아이들이 나와서

나뭇가지에 매달려 있기도 하고 / 기어오르기도 하면서 놀고 있다.

(중략)

겨울이 되면 아이들은 / 줄기나 뿌리 속으로 들어앉아서

오르내리면서 자라고 있다.

그렇다! 지난해 봄, 여름에 복숭아나무와 더불어 놀던 아이들이 겨우내 '줄기나 뿌리 속'에서 '오르내리다' 봄나들이를 나왔나 보다. 그러고는 갈매기들을 불러 복사꽃 축제의 일환으로 미인선발대회를 열었구나.

성급하게도 물장구를 치던 아이들이 역시 아직은 여름이 아님을 실감한 듯 모래판으로 다시 나간다. 이어 그 자리에 갈매기들이 되돌아왔다. 전국 어느 도시로 나가도 간택이 될 아가씨들을 뽑은 기쁨으로, 이제 오십천의 그 풍부한 물고기로 저

녀 식사를 하려나 보다.

"올해는 대풍이야. 예쁜 아가씨들이 너무 많은 걸. 오히려 가을 결혼이 문제야."

"우리가 뽑은 진, 선, 미 아가씨들은 국제대회에도 보내야 할 텐데……."

식탁에서 나누는 대화를 듣고 싶었는데, 마침 그들이 읽은 농심(農心)을 담은 바람 한 줄기가 지나간다.

먼 산꼭대기에서 흰 구름들이 졸고 있다. 갈매기들이 돌아온 지금, 아이들도 복숭아밭으로 돌아가리라. 돌아오는 길엔 군문(軍門)에서 북한강 철책 근무 시절 '수양록'에 적어본, '강안일기(江岸日記)'란 낙서를 떠올려 보았다.(1988)

초목은 이렇게 살라 하고

제3부
초목은 이렇게 살라 하고

벚꽃 꼭지처럼

식물의 열매와 이를 받쳐주는 꽃받침, 혹은 꼭지 사이에는 기(氣) 싸움이 치열하다고 한다. 이 사실을 처음 알았을 때는 신기하면서도 이상하다는 생각이 들었다. '서로의 협조 속에서, 곧 꽃받침의 후원으로 꽃이 피고, 꽃의 울력으로 열매가 맺는 것이 당연하지 않을까' 하고 순진하게 생각했기 때문이다.

나의 그러한 생각을 깬 대표적인 나무가 벚나무이다. 해마다 4월 초순 무렵이면 진해에서 시작되어 전국적으로 가장 성황을 이루는 것이 벚꽃 축제이다. 벚꽃의 화사한 자태에 상춘객들은 환상적인 기쁨을 맛보기도 한다.

그런데 그 기간은 무척 짧기만 하다. 일주일을 견디지 못하

초목은 이렇게 살라 하고

고 화사한 흰 꽃은 덜렁 지고 만다. 그러고 나면 벚나무엔 지금까지 그 꽃을 지지해 주던 꽃받침, 곧 벚꽃 꼭지만 불그스름하게 헝클어진 모습으로, 새로 솟아나오는 잎들 사이에 처연히 서 있다. 꽃은 열매를 맺기 위해서만이 아니라 자기를 최대한 표현하기 위해 피어난다고도 하건만, 이처럼 신속히 열매의 시대로 이행되는가 싶은 생각이 들게 한다.

마침내 이 나무에 녹두만한 푸른 열매가 나오기 시작하면 이 꼭지는 사정없이 밀려나서 땅에 떨어진다. 그래서 나비춤을 추며 꽃비로 내려 앉아 있던 꽃잎들이 사라진 땅에는, 붉은 꼭지들의 잔해가 모여 점차 검은 빛이 가미된 고동색으로 풍화되어 가는 것이다. 이것이 벚꽃 꼭지에게 있어 삶의 제2막인 셈이다.

이러한 벚꽃의 생태를 처음 알게 되었을 때, 문득 이 꽃의 꼭지는 어쩌면 요즘 중년 이상 부모 세대의 처지와 참으로 닮지 않나 하는 생각이 들었다. 흔히 '베이붐 세대'라고 하는 이들은 자녀들을 애지중지 대학공부를 시켜 결혼의 꽃을 피워주고 인생 제1막을 마무리했다. 그러고 나면 그 자녀 열매들은 부모 꼭지를 뒷전으로 밀어내기도 한다.

언젠가 어느 연수 중에 중년 여성들과 자리를 같이 한 적이 있었다. 이 날의 대화는 출가한 자녀, 특히 아들들에 대한 성토장이 되어버렸다. 한 분은 서울에 연수를 가면서 아들네 주려고 반찬 보자기를 가져갔으나 직접 전달하지를 못했다고 했다. 아들에게 집 비밀번호를 알려 달라고 했는데 자기 없이는 못 들어간다며 거절당했기 때문이다. 급기야 연수기관에 맡겨 둘 테니 나중에 찾아 가라고 했다며 분해하는 것이었다.

다른 한 분은 결혼 후 아들네 집에 신혼집들이 갔을 때의 서운함을 토로했다. 명색이 집들이인데도 저녁 식사를 바깥 식당에서 먹자고 하여, 결국 시어머니인 자신이 모든 반찬을 준비해 가서 겨우 집밥을 먹을 수 있었다고 했다.

이렇듯 지금의 나이 든 부모들은 그래도 어떤 것을 감수하고서도 자식을 감싸 안아왔다. 마치 감꼭지가 감을 놓아주지 못하듯이 끝까지 자식을 지키려 한다. 다 익은 감을 먹을 때도 감은 꼭지가 그대로 있어 그것을 빼고 먹어야 한다는 것을 우리는 경험으로 알고 있다. 이러한 감꼭지의 생태는 이른바 오늘날 캥거루족 어머니, 헬리콥터 어머니를 연상케 한다. 그 정도는 아니더라도 그 끈질긴 포용성은 어쩌면 자신은 헐벗어도 자녀만은 끝까지 뒷바라지하며 잘 키우고 싶어 하는, 베이붐 세대 부모의 소망에 닿아 있는 것이라고나 할까.

그러나 가만히 생각해 보면 그들은 정작 자녀들로부터 보호 받기보다는 밀려나는 경향이 있다. 오죽하면 '부포 세대'라는 새로운 말이 생겨났을까. 이 말은 '부양 받는 것을 포기한 세대'라는 뜻이라고 한다. 이 세대들은 자식으로서는 전통적 가치관을 지닌 부모 세대의 눈높이에 못 미치니 죄스럽고, 부모로서는 다 큰 자식들을 언제까지 거둘 수 있을지 걱정스럽다. 부모와 자식을 위해 헌신하면서 정작 자신의 삶을 기댈 언덕은 마련하지 못하고 있는 형국이다. 설문 통계 자료에 의하면 이 세대들의 10명 중 8명은 자녀에게 노후 생활 지원을 기대하지 않으며, 그러면서도 그들의 63%가 노후 대책은 없다고 한다.

요즘 베이붐 세대 부모는 자녀들을 감꼭지처럼 길러왔건만, 그들의 만년(晩年)에는 자녀들로부터 벚꽃 꼭지처럼 배척을 받으며 살아가고 있는 게 아닐까 싶다. 그런 가운데도 다행히 이들 중 비교적 젊은 분들은 소위 리본(Re-born)세대라 하여 자녀들의 초대를 받을 때만 그 집을 방문하는 등 능동적으로 거리 두기를 하며, 자신의 인생 2막에 더 많은 관심을 갖는다는 조사 결과도 있다.

결국 양쪽 모두가 행복해지기 위해서는 서로의 노력이 필요하다. 이제 부모는 차츰 벚꽃 꼭지처럼 살아가려는 자녀 세대들을 수용하고, 자녀들은 그래도 부모의 감꼭지 같은 애착의 마음을 존중하며 살아갔으면 하는 것은 너무 단순한 바람일까.

감춤의 미학(美學)

1990년대 초엽 처음으로 포항에 거주하게 되었을 때였다. 우리 가족이 세 들어 사는 집의 창문 앞뜰에는 꽃사과나무 한 그루가 있었다. 그 당시 휴일이면 창문을 열고, 혹은 뜰에 나가 즐겨 그 나무를 바라보곤 했다.

이 나무는 녹색의 대행진이 벌어지는 철을 맞아 조금씩 자라나는 청신한 잎부터가 내겐 기특하게 여겨졌다. 4월 초순의 어느 날이었던가. 그 청신한 잎들 사이로 마치 산딸기 같은, 아니면 연분홍 물감으로 콕콕 점을 찍어 놓은 듯한 꽃망울이 보이기 시작했다. 그 모습은 비록 작은 점들이지만 녹색 환경 속에서 소담스럽게 자기 존재의 색깔을 뾰족이 내밀기엔 손색이 없어 보였다.

그러던 며칠 후였다. 바람을 동반한 짓궂은 봄비를 맞은 날 아침엔 슬며시 흰색의 수수한 몸짓을 넓게 펼치는가 싶더니 마침내 나래를 활짝 편 흰 나비들이 앉은 듯했다.

5월에 접어들면서부터 그 꽃은 이제 굵은 콩만 한 크기의 녹색 구슬로 변했다. 입가엔 아직도 그 흰 꽃의 가냘픈 여운을 머금은 미소를 살며시 띤 채 차츰 잎들에 둘러싸여 제 모습들을 감추어 갔다. 한동안 그 구슬들은 자신의 몸가짐을 애써 낮추듯 잎들 사이에서 두드러짐을 자제하면서 여름 내내 성장에 여념이 없었다.

그러더니 입추(立秋)가 지날 무렵엔 제법 단단하고 야무진 껍질에서는 햇볕을 받는 쪽에서부터 간혹 붉은 반점이 드러나기 시작하였다. 여태껏 자기들을 감싸고 있던 잎들이 하나둘 자리를 비우면서부터 창공을 향해 아직은 푸른 속삭임을 들려주듯 풋냄새를 계속 뿜어 내곤하였다.

10월 상달의 중순을 맞아 꽃사과들은 최초의 붉은 꽃잎의 색깔로 돌아왔다. 여태 기다려온 자기의 시대를 마음껏, 그리고 더없이 곱게 구가하고 있는 것이다. 그러면서 내면까지도 충실한 자기의 색깔로 채우려고 조용히 햇살을 받고 있는 모습이 숙연하였다.

1988년 올림픽이 있었던 해부터 2년 동안 동해안의 영덕에 살았을 땐 앞뜰에 무화과나무 한 그루가 있었다. 그 해 4월 중순경이었던가, 은사님께서 다녀가시며, 생명력이 대단한 나무라고 귀띔을 해주셨다.

그렇지만, 옆의 살구꽃과 진달래가 피었는데도 그것은 묵묵히 노란 겨울눈을 지닌 채 대단한 기다림과 인내를 보이는 듯했다. 오히려 더디거나 실기(失期)하는 게 아닌가 싶을 정도로. 그렇더니 포도덩굴에도 잎이 뾰족이 나오고, 복사꽃이 한창을 지날 무렵에야, 그것도 꽃이 아닌 작디작은 잎눈을 피우는 것이었다.

8월엔 잎도 뽕잎같이 넓고 푸르게 피어났다. 그 잎들 사이로 마치 풋목화(다래)같은 녹색 과실이 달려 있었다. 그것들 중 어떤 것은 9월로 접어들면서 누르스름하게 익기 시작했다.

10월엔 그 열매들이 본격적으로 전체가 암자색으로 변해갔다. 마침내 껍질에 하얀 금이 가는가 싶더니 연분홍 색실오리 뭉치 같은 속살 꽃을 드러내는 것이었다. 아, 꽃이 없는 게 아니었던가. 그 때깔 없는 껍질의 안은 자기실현의 진지한 터전이었다. 일찍이 암꽃과 수꽃이 사랑의 밀어를 엮어낸 은밀한 내면 공간이었다. 그 곳은 또한 강한 뿌리로 대지를 헤집고 창공을 향하여 자기완성의 울안으로 충실히 나아간 흔적이었다.

감추는 데서 오히려 드러나는 것이 예술의 비법(秘法)이라 했던가. 참답게 드러나기 위해서는 감춤의 과정이 필요한가 보다. 참으로 때가 되었을 적에 꽃사과나무의 연분홍꽃이 그리도 볼그레한 고운 열매로 익어 나서듯이, 무화과가 역시 예쁜 색실오리 같은 속살 꽃을 드러냄은 내적 충실에 어우러진 감춤의 미학(美學), 그 결정(結晶)인 것을.

초목은 이렇게 살라 하고

수수꽃다리 꽃망울처럼

울릉도 근무 시절이었다. 어느 해 3월의 중순, 바야흐로 교정의 체육실 앞에서는 수수꽃다리가 잎눈을 피우고 있었다. 그땐 울릉도에서 가장 일찍이 나오는 나물 '명이'가 닮은 날개를 펴기 시작하고, 이 섬에서 제일 일찍 잎을 피우는 말오줌대나무의 청신한 연초록 잎이 조금씩 고개를 내밀 무렵이었다.

그 후 4월 초순에 접어들자 짙은 보라색의 수수꽃다리 꽃망울이 뾰족이 나오기 시작했다. 그런데 그 꽃망울들은 좀처럼 개화(開花)를 하지 않고 기다리는 것이었다. 앞산 뒷산의 산벚꽃과 배꽃들이 하얀 웃음을 배시시 웃다가 종종 걸음으로 가버린 뒤에도 이 꽃망울들은 조용히 침묵하고만 있었다. 담장

가의 개나리들이 노란 꽃 옷을 파란 잎 옷으로 갈아입는 것도 아랑곳하지 않았다.

이러한 수수꽃다리의 꽃망울을 지켜보고 있노라면 결혼 날짜를 받아 놓은 신부가 그날을 위해 얼굴을 가꾸어 가는 모습이 연상된다. 그리하여 이 아가씨들의 신부 화장은 짙은 보라색을 지우고 좀 더 밝은 보라로 얼굴 바탕색을 고치는 게 주된 일이었다. 푸른 잎은 벌써 치마처럼 바람에 날리건만 그녀들은 며칠간이나 줄곧 얼굴을 매만져 왔다.

아마도 열흘이 더 지났을까. 겨울잠에서 늦게 일어난 숙직실 앞 층층나무가 잎눈을 내기 시작할 무렵에야 그녀들은 규방(閨房)의 문을 열기 시작하는 것이었다.

4월 중순의 어느 날, 드디어 그녀들은 신부 대기실에 들어섰다. 아, 기다리던 순간이 온 것이다. '신부 입장' 소리에 맞춰 그녀들은 이미 두르고 있던 초록색 치마에 흰색이 감도는 연보랏빛 저고리를 입고서 나비처럼 사뿐사뿐 식장을 향해 행진을 하고 있다. 제 본연의 은은한 향기를 하객들에게 조용히 선사하며…….

이렇듯 신중하고 진지하게 자신의 날을 준비하는 신부처럼 수수꽃다리의 꽃망울이 만개(滿開)의 자태를 최선의 멋으로 표현하는 과정은 내겐 놀라운 일로 다가왔다.

문득, 20여 년 전 어느 수필 전문지에 써낸 에세이스트 '당선 소감'의 일부분이 떠오른다.

"나의 수필은 내 수양(修養)의 화단에 피어나는 소담스런 꽃들이고 싶다. 아직은 거친 꽃들을 곱게 보아주신 심사위원 선생님들께 감사를 드린다. 더욱 안으로 삭이면서 쉽사리 꽃망울을 터뜨리지 않으리라는 다짐으로 보답하고 싶다."

그렇게 다짐했었건만 지금 돌이켜 보면 어느새 글쓰기뿐만 아니라 대부분의 일들이 현실적 안일과 타협하여 설익은 채로 끝맺음을 해오지 않았나 싶다.

다음 순간, 채찍처럼 내 눈앞을 휙 스쳐가는 말씀이 있었다.

"창작하는 치열한 마음만 갖춘다면 더 좋은 에세이를 기대할 수 있을 것으로 보인다."

그 당시 심사위원님들의 심사평 중의 한 구절이다.

이제 이순(耳順)으로 넘어서는 삶의 고갯마루에 다시금 초심(初心)의 서약서를 이정표인양 써 붙여 두어야겠다. 내 인생 드라마의 각본을 더욱더 치열하게 쓰고, 마침내 모든 순간을 수수꽃다리 꽃망울처럼 가장 멋있게 연출하리라고.

초목은 이렇게 살라 하고

울릉도 산벚꽃

4월 초순이다. 올해는 유난히 산벚꽃이 산천에 가득해 보인다. 지난 해 이맘때는 보지 못했던 꽃 손님들이 일시에 하이얗게 모습을 드러내는 광경은 그대로가 작은 놀라움이다. 그것은 어떤 사정으로든 한동안 잊고 있었던 지난날의 얼굴들이 은은히 꿈속에서 출현하는 경우와 흡사하다고나 할까. 그리하여 산벚꽃의 꽃잎들은 아지랑이같이 아른거리는 아슴푸레한 그리움처럼 봄 하늘에 하늘거린다.

어쩌면 우아한 백색의 세계를 연출하는 저 꽃들은 지난겨울 애타게 봄날을 기다리며 앙상한 가지에 피워 보았던 눈꽃들의 화신 같다. 그러니까 벚꽃은 '눈[雪]'이며 '꽃'이요, '겨울'

이며 '봄'인 셈이다. 그러기에 이 꽃은 '겨울은 반드시 봄이 된다.'는 철리를 몸으로 두드러지게 실증해 주기도 한다.

그런데, 자연 속에 색깔이 생겨난 것은 왜일까? 그것은 풀도 나무도 산도 있는 힘을 다하여 살아가는 자신의 마음을 무언가로 표현하고 싶기 때문이 아닐까. 자신의 한결 같은 마음을 표현하지 않고는 존재의 이유를 밝힐 수 없기에. 아마도 이 나무에는 모든 색의 근원인 흰색이 겨울과 봄의 빛으로 녹아들어 있었나 보다. 어쩌면, 겨울 동안에 시리도록 사무치게 다가오던 '눈'빛들을 가지부터 물들여 지금 그를 닮은 흰색의 '꽃'을 뿜어내고 있는 걸까.

그리하여, 산벚꽃은 이제 자신의 시대를 구가(謳歌)하고 있다. 어느 가지도 생명을 다해 피어 있다. 이 꽃은 확실히 넘치는 생(生)의 상징이다. 사람들이 보아주든 보아주지 않든 묵묵히 자신의 빛깔을 발산하고 있을 따름이다. 저 본토의 진해나 경주 보문단지의 친구들처럼 뭇사람들의 각광을 받지 못해도 좋다. 다만, 섬 바위 벼랑에 굳건히 지켜 서서 오늘까지 버티게 격려해준 햇살에게 감사를 드리는 마음만이 가득하다. 그 누가 왜 그토록 외로이 잠시만 피어 있다가 그리 쉬 가

초목은 이렇게 살라 하고

버리는가 하고 아쉬워하는 데에도 그다지 마음을 쓰지 않는다. 산에 살면서 이미 달관하여, '스스로 할 수 없는 것'을 탐하는 불평과 어리석음을 갖고 있지 않다.

자신이 지금 할 수 있는 게 있다는 것을 알아서, 하늘로부터 부여 받은 소중한 생명을 철저히 살아가고자 한다. 자신이 종자로서 가지고 있던 모든 것을 표현하는 것, 자신의 본래의 모습으로 꽃 피는 것, 여기에 전심전력할 뿐이다. 그러기에 산벚꽃은 은은한 가운데서도 혼신의 생명력을 뿜어내고 있는 것이리라.

이 계절에, 단 한 번 수유(須臾)의 봄을 만나기 위하여 태어난 꽃. 그러기에 산벚꽃은 누구의 흉내도 낼 겨를이 없다. 오직 저답게 소중한 지금을 살 뿐이다. 그러기에 소박하고 진지하다. 외로워도 스스로 환희에 차 있다.

우리들도 이 일생에 단 하나의 꽃을 피우기 위해 태어났다. 자신밖에 할 수 없는 사명의 꽃을 피우기 위해. 그렇다면 무엇인가가 있을 것이다. 나만이 할 수 있는 무엇인가가. 그것을 위해 울릉도 산벚꽃처럼 본연의 나를 참하게 꽃피우는 봄이고 싶다.

한라산의 식물들처럼

5월말이었다. 우리 현장 연수 참가자 일행은 한라산 등반을 나섰다. 성판악 코스로 올라갔다가 관음사 코스로 내려왔다. 오르고 내리는 일이 모두 현무암 돌길에다 나무 계단이 겹쳐 있어 참 힘들었다.

길은 너무 단조롭고 지루하기도 했다. 그것을 극복하기 위해서는 하나의 탐색거리를 가지는 것이 좋겠다고 생각했다. 등산대회가 아니기에 빨리 오르내리기보다는 여정이 즐거운 산행을 어떻게 할 것인가 하는 점이 소중했기 때문이다. 그래서 그 전 해 8월 초에 이어 이번에 오를 때도 식물 분포에 관심을 가지고 그들을 높이별로 관찰해 보기로 했다. 그것은 나

초목은 이렇게 살라 하고

나름대로의 한라산 등반법인 셈이다.

성판악 코스의 입산은 한라산국립공원관리사무소 성판악 지소에서부터 시작된다. 여기가 이미 고도 750m이다.

10분 정도 뒤에 해발 800m에 이르렀다. 꽝꽝나무, 굴거리 나무, 누리장나무 등이 보인다. 작년 8월 초에 보였던 산수국, 물봉선 등의 초본류는 아직 잘 드러나지 않는다. 특히 이 코스 입산 초입에 주류를 이루는 꽝꽝나무는 땅에 꽝꽝 달라붙어 있고, 굴거리 나무는 제법 큼직하게 서 있어 대조적이다. 굴거리나무는 관음사 코스에서 1,000m 전후에 이 코스보다 더 두드러지게 나타난다.

해발 900m 지점부터 제주조릿대가 보인다. 이 식물은 계절을 가림이 없이 해발 1,700m 정도까지 한라산을 둘러싸고 있는 최대의 점령군이다. 또한 지금도 그 세력권을 넓히면서 다른 야생 식물을 위협하고 있다고 한다.

또한 1970년대 산림녹화 사업으로 심어진 삼나무 숲도 음침한 그늘을 드리워 주위 식생을 파괴하고 있다. 해발 1,000m 정도에 분포하고 있는 이 나무는 타감작용이라 하여 자신은 잘 자라지만, 다른 생물은 전혀 자라지 못하게 하는 성질이 있다. 이것이 한라산을 황폐화시키는 한 요소가 된다고 한다. 이제는 군데군데 간벌을 하여 세력이 많이 약화된 듯하다.

10시 남짓하여 해발 1,400m에 이르니 주목류가 많아지고 있는 한편 고사목도 더러 보이기 시작했다. 말채나무도 잎을 피우고 대열에 합류하고 있었다.

진달래 대피소(1,540m). 지난해 8월 초에는 금방망이꽃이 노랗게 피어 나비가 부지런히 꿀을 빨고 있었는데, 지금은 진달래 둥치 속에서 아니면 다른 풀들 사이에서 가만히 파란 줄기만으로 서 있었다. 이 식물은 아직 꽃으로 나설 때가 아닌 것이었다.

대피소 주변에 진달래꽃은 별로 없고 주변엔 아그배나무꽃이 하얗게 수를 놓고 있다. 이 나무 꽃은 관음사코스에서도 이만한 높이에서 제법 많이 보였다.

진달래대피소를 지나서부터 흰 꽃의 퍼레이드가 한창인데, 꽃과 잎의 모양은 다소 눈에 익은 듯했으나 막상 나무 이름을 몰라 참 궁금해 했다. 나중에야 알고 보니 글쎄, 그 산의 주류

초목은 이렇게 살라 하고

를 이루던 흰 꽃이 산개버찌나무꽃이었다. 계절이 5월말인데, 그것이 설마 벚꽃일 줄은 몰랐던 것이다. 아, 한라산의 봄이 이제야 진달래 대피소에서 1,700고지 정도까지 올라온 것이구나! 그러고 보니 산목련꽃(함박꽃) 봉오리도 이제야 하얀 종 모양으로 부풀어 있었던 기억이 난다.

11시 30분쯤에 해발 1,800m 지점에 도착했다. 여기서부터 긴 나무 계단이 펼쳐진다. 위를 쳐다보니 고행의 수행자들이 백록담 성지를 향해 마지막 계단을 오르고 있는 모습처럼 경건하게 느껴졌다.

이 나무 계단의 좌우는 한대 희귀식물의 보고(寶庫)였다. 작년 8월 초엔 금방망이도 노랗게 단장을 하고 있고, 바늘엉겅퀴가 바짝 움츠린 고슴도치처럼 낮춤의 자세로 자기 관리를 하고 있었다.

그러나 지금은 아직 봄이 여기까지 올라오지 못했다. 전반적으로 풀들이 거의 피어나지 않았다. 다만 바늘엉겅퀴가 먼저 얇게 또아리를 틀고 있었고, 연분홍 백리향, 보라색 제비꽃, 노란 양지꽃 등이 겨우 피어나기 시작했다.

한편, 시로미는 계절에 관계없이 나지막한 자태로 앙증스럽게 자리를 지키고 있었다. 이 나무는 10~20㎝ 정도의 상록 소관목으로 가지는 바르게 서고, 줄기는 길게 옆으로 땅 위를 기면서 원줄기에서 뻗어나가 큰 군락 형태를 이룬다. 낮춤과 뭉침의 미학으로 견디는 나무라 하겠다. 그리고 이 나무는 한라산 높은 곳, 한대 기후를 배경으로 살면서도 드물게 먹을 수 있는 식물에 속한다. 사람이 먹으면 늙지도 죽지도 않는다는 불로불사(不老不死)의 신비한 양약으로 알려져 있다. 중국 진시황의 명을 받고 불로초를 구하기 위해 서귀포를 찾았던 '서불'이 영주산, 즉 지금의 한라산에서 불로장생의 약으로 여겨 구해 간 것이 바로 시로미였다고 한다.

[시로미]

초목은 이렇게 살라 하고

하지만 이처럼 귀한 식물 자원인 시로미가 최근 자기 영역에서 생존의 내우외환을 앓고 있다고 한다. 우선 바깥으로는 지구 온난화의 위협을 받고 있다. 또한 안으로는 제주조릿대와의 생존경쟁에 밀린다는 것이다. 이것을 막으려면 한라산에 말과 소를 방목하는 것을 허용하는 것이 좋겠다는 의견이 있다. 방목이 허용되어 소와 말이 조릿대를 뜯어 먹던 시절은 그 세력이 그렇게 강하게 전파되지 않았다는 증언이 있기 때문이다. 지나친 환경보호는 오히려 생태계 균형 유지에 장애가 될 수 있는 사례라 할까.

12시 40분, 관음사 코스로 하산하기 시작했다. 이 하산 코스로 접어드는 초입에서 발밑을 내려다보니 구상나무 군락이 펼쳐지는 가운데 허연 고사목이 군데군데 장승처럼 서서 고난의 역사를 말해 주고 있었다. 지금은 세계로 퍼져 있지만, 원래 이 나무는 한라산에서 제일 처음 발견되었으며, 1,600m에서 1,940m 사이에 걸쳐 세계 유일의 순림(純林)을 이루고 있는 것이 특징이다.

한 가지 걱정되는 것은 시로미의 경우와 마찬가지로 지구 온난화가 이 고산식물의 생장에 지장을 초래한다는 점이다.

즉, 식물은 기온이 상승하면 광합성이 증가하는데, 추운 기후에 적응된 구상나무나 시로미 등의 한대성 수목은 기온이 상승하면 증발산이 급격히 증가해 광합성에 필요한 수분 공급이 부족해져 생장이 어렵게 된다는 것이다.

동탐라계곡의 초입에서 왕관릉(1,666m) 사이의 내림길에서는 성판악코스에서 보았던 산개버찌나무꽃이 하얗게 자신의 때를 구가하고 있었다. 또한 자작나무들이 하얗고 미끈한 근육미를 과시하며 동행하고 있었다.

용진각 대피소(1,520m)에서 개미목(1,400m)에 이르는 곳에는 자색 병꽃나무가 더러 조용히 웃고 있었다. 이보다 좀 더 아래쪽까지 보리둑이 자신의 영역을 지키고 있었다.

이처럼 한라산의 식물들은 나름대로 때와 장소를 분별하여 살고 있음을 보여 주었다. 산 전체가 식물들의 패션쇼 공연장 같지만, 이들은 일부러 꾸미지는 않는다. 산의 높이에 따라 '지금, 여기'의 상황 그대로 소박하게 자신의 모습을 지니고 있을 따름이다. 그러면서, 녹색 생태계의 질서와 평화를 유지해 가는 것은 어쩌면 본능적인 것이겠지만, 인간의 입장에서는 자연스러움이라 해야 할 것이다. 그리고 이 자연스러움

초목은 이렇게 살라 하고

이야말로 당당하고 오래가는 가치가 아닐까.

다만, 항상 예외는 있어서 우리를 걱정스럽게 하는 종(種)도 있음을 보았다. 제주조릿대의 탐욕이나 삼나무의 이웃에 대한 배려 정신 부족은 우리에게 반면교사가 되고 있다 할 것이다.

아무리 고귀한 것이라도 진정한 가치를 인정받기 위해서는 한라산의 식물들처럼 때와 장소를 잘 가리는 자연스러움의 지혜를 발휘해야 하리라. 예컨대 이슬은 한밤중에 온 천지에 소리 없이 내려서 이튿날 아침 풀잎에 맺힐 때 참으로 아름답다.

이른 봄 돌나물

　어언 20년 전 3월말이었다. 아버님 제사가 있어서 고향엘 갔다. 점심때를 넘겨서 큰집에 도착하니 어머님께서 형수님들과 제수를 장만하시느라고 분주하셨다. 한참 고기를 장만하시던 어머님은

　"묻힌 손이라 그만두지 못하고 있다만, 이제 난 돌나물 걸으러 갈란다!"

하시며 일어서신다.

　별로 할 일이 없어서 빈둥빈둥거리는 것이 민망하기도 해서 나도 어머님을 따라 나섰다. 옛날 우리 집이 있었던 마을의 산기슭으로 오르면서 어머님은 굵은 자갈이 많은, 찔레나무 잎

　　　　　　　　　　　　　초목은 이렇게 살라 하고

이 포릇포릇 돋아난 곳으로 찾아들어 가셨다. "여기에 좀 있니라." 하시며.

나도 따라 올라가 보니 돌자갈 위로 돌나물 순이 옹기종기 돋아나 있었다. 찔레나무 아래의 낙엽들을 헤치니 그 속에도 오롯이 숨었다가 헤헤 귀여운 얼굴을 내민다.

"이맘때쯤 돌나물은 속내 모르면 못 캐지. 내사 어디에 가면 많이 있는지 훤하다. 언츠리(원추리)도 조금 있으면 돋아 나오제."

자랑삼아 말씀하시며 이번엔 묵은 밭둑 옆으로 오르신다. 그러고 보니 언젠가 한 해는 아주 보드라운 원추리를 이런 식으로 캐어 주신 기억도 난다. 어릴 때 이곳에 자란 나였지만 어머님 따라 다니기가 바쁘다. 어떤 곳은 한두 송이만 발견이 될 뿐이니 그야말로 빙산의 일각이라고나 할까. 그러나 그 근처의 낙엽을 조심스레 걷으면 가끔씩 소복소복 정답게 모여 있는 돌나물.

부지런히 비닐봉지에 캐어 담았지만 돌나물의 부피는 좀처럼 붙지 않는다. 그러니까 조금씩 캐서 모으는 인내가 아니고는 이른 봄 돌나물김치를 맛보기란 어려운 일인가 보다.

두어 시간이 지났을까 어머님이 시간을 물으신다. 다섯 시라고 말씀드렸더니,

"이제 가자. 이걸 또 다듬어놔야지. 새벽이면 달아날 아이들 나눠주려면……."

하신다.

집에 돌아오신 어머님은 검불을 가려 버리고, 뿌리를 뜯어내며 잎만 모으셨다. 차가운 바깥 날씨와 칠순 중반의 연세도 아랑곳하지 않으시고 해가 이슥하도록 돌나물을 장만하시는 어머니. 자주 오지도 못하는 아들딸들에게 그래도 손수 뜯으신 나물을 나눠 주시는 것만이 시골에 태어나 평생을 한 동네에 사신 어머님의 기쁨이요, 보람임에랴. 그렇건만, 그 전까지는 집을 나오며 깔끔하게 다듬어진 돌나물 봉지를 넙죽 받아 왔었으니 그 속에 담긴 어머니의 마음을 어찌 다 헤아릴 수 있었으랴.

어머님께서 하늘나라로 가신 지금에야 돌이켜 보면 당신께서 심혈을 기울여 담아주신 봉지는 돌나물만이 아니었다. 고추만 해도 그렇다. 가을에, 어머니께서 출가한 아들·딸들에게 김장하라고 조금씩이나마 나눠 주시는 것도 생각해 보면

초목은 이렇게 살라 하고

여간 고마운 일이 아니다.

봄, 그러니까 어버이날(5월 8일) 무렵이면 온상의 고추 모종을 옮겨심기 위하여 밭을 일구고, 고랑과 둔덕을 만들어 비닐을 덮는 일을 한다. 그 비닐에다 간격을 맞추어 구멍을 뚫고 물을 준 후 고추 모종을 옮겨 심는 것이다. 이런 일련의 작업이 얼마나 힘이 드는지 모른다. 해마다 어버이날에 고향에 갔다가 이 일을 돕고 오면 이튿날은 거의 몸살을 앓던 기억이 난다.

그 후 온 여름을 잡초도 뽑아 주고, 물도 주면서 돌봐야 하는 것은 물론이다. 가을이 되면 붉게 익은 것들을 골라 따서, 마당과 비닐하우스를 번갈아 가면서 말린다. 마당 가득히 늘어놓은 고추를 비가 오면 단숨에 방안이나 비닐하우스로 옮겨야 하는데, 어머님으로서는 여간 허리 아픈 일이 아니다. 이렇게 햇볕에 말리기를 거듭한 것을 '태양초'라 하여 상인들은 일급으로 쳐준다고 한다. 어머님은 이 일급품을 우리들에게 나눠 주시려고 여간 애쓰는 게 아니었던 것이다.

실로 어머니의 사랑이야말로 속내 모르면 캐낼 수 없는 이른 봄 돌나물과 같은 것이랄까.

부부송

아버지가 자녀에게 줄 수 있는 최대의 축복은 그들의 어머니를, 즉 자신의 아내를 사랑하는 것입니다. 그렇다면 어머니가 자신의 자녀들에게 줄 수 있는 가장 큰 선물은 무엇이겠습니까? 그 또한 역시 그들의 아버지, 곧 자신의 남편을 사랑하는 것이겠지요.

자녀들이 어린 시절, 서로 사랑하는 부모의 사랑 속에서 받는 축복은 그들에게 어떠한 삶을 살게 할 것인가를 결정하게 한다고 합니다.

〈자녀들에게 줄 수 있는 최고의 선물은 부부 사랑
—서울 지하철 3호선 역'사랑의 편지' 중에서〉

초목은 이렇게 살라 하고

1.

겨울에 접어들면서 왠지 양희은의 '한 사람'이란 노래가 새삼 마음에 와 닿는다.

한 사람 여기 또 그 곁에
둘이 서로 바라보며 웃네
먼 훗날 위해 내미는 손
둘이 서로 마주 잡고 웃네

한 사람 곁에 또 한 사람
둘이 좋아해
긴 세월 지나 마주 앉아
지난 일들 얘기하며 웃네

한 사람 곁에 또 한 사람
둘이 좋아해
한 사람 여기 또 그 곁에
둘이 서로 바라보며 웃네
지난 일들 얘기하며 웃네

이 노래는 우선 제목은 '한 사람'이지만 실은 '두 사람'을 노래한 것이어서 좋다. 그리고 젊은이들도 나름대로 '먼 훗날 위해 내미는 손, 둘이 서로 마주 잡고 웃네' 하는 가사에 이끌리는 노래이겠지만, 전편을 찬찬히 훑어보니 아무래도 '5, 60대' 부부의 노래임을 실감한다. 아이들도 다 갈무리하고 부부가 다시금 신혼처럼 남았을 때의 상황이 이 노래와 딱 들어맞지 않겠는가. 그래서 또 이 노래에 공감이 간다.

어쩌면, 정말 오래 헤어졌다가 이제 다시 곁에 서서 바라볼 수는 있는 행복을 되찾은, 서해 안면도 '꽂지 해수욕장'의 '할미, 할아비 바위' 연인들의 노래일 수도 있겠다. 전설[1] 속에서 노년(老年)의 연인들은 오늘도 '긴 세월 지나 마주 앉아 지난

---

1 '할미, 할아비 바위' 전설은 다음과 같은 내용이다.

　　신라 42대 흥덕왕 4년(838년), 해상 왕 장보고가 지금의 전남 완도인 청해진을 기점으로 하여 북으로는 장산곶, 중앙부로는 견승포(지금의 안면도 방포)를 기지로 삼고 주둔하였을 때 당시 기지 사령관으로 승언라는 이가 있었는데 그와 그의 부인은 금슬이 매우 좋았다고 한다.

　　그러던 어느 날 장보고로부터 승언 장군에게 급히 군선을 이끌고 북쪽으로 진군하라는 명령이 내려졌다. 이렇게 출정 명령을 받고 떠난 승언이 끝내 돌아오지 않았다. 그러자 그의 아내 '미도'가 일편단심으로 그를 기다리다 죽어서 바위가 되었는데, 이 바위가 할미바위이다.

　　그 후 어느 날 갑자기 폭풍우가 휘몰아치고 천둥소리가 하늘을 깨는 듯하더니 할미 바위 앞에 커다란 바위가 하나가 우뚝 솟았는데 이를 할아비 바위라 부르게 되었다.

　　　　　　　　　　　　초목은 이렇게 살라 하고

일들 얘기하며' 웃고 있으려니…….

　어쨌거나 50고개를 넘은 부부 연인들이여!
　긴 세월 지나 마주 앉아
　깊어가는 이 겨울밤에
　둘이 서로 사랑스럽게 바라보며 웃어보자.
　지난 일들 얘기하며 정답게 웃어보자꾸나.
　―저 양희은의 부부송(夫婦[song])을 나직이 들으며…….

2.

　나이가 든 부부일수록 서로 화합하면서 살아가려면 남편이
아내의 말에 적극 호응하는 편이 좋다는 경험담을 감동적으
로 들은 적이 있다. 어느 해 겨울방학 중 교감 자격 연수 강사
로 나오신, 경남의 어느 교장 선생님의 말씀이었다. 그 분에게
서 남은 삶의 한 목표는 아내를 행복하게 해 주는 것이며, 그
를 위해서 아내의 뜻에 최대한 맞춰 살기로 했다는 것이었다.
심지어 아내에게 성심을 다해 108배를 올렸다고 했다. 그랬더
니 가정의 대소사에서 경제적인 문제에 이르기까지 모든 것이

순조롭게 잘 풀려나가고 있다고 확신 있게 말씀하셨다.

　그 말씀의 감동이 어렴풋해질 무렵, 그러니까 그 이듬해 3월말이었다. 동료 산악회원들과 영천에 있는 '작은 보현산'으로 등산을 갔을 때의 일이다. 이 산의 정상에서 큰 보현산 천문대 방향으로 내리는 소나무 숲에서 신기한 나무 한 그루를 발견했다.

　그 소나무의 뿌리 밑동 부분에서 U자형의 두 가지가 쌍둥이처럼 나란히 뻗어 올라 있는 게 아닌가. 그 순간 나에게는

[부부송(夫婦松)]

　　　　　　　　　　　　초목은 이렇게 살라 하고

서로 마주 보며 공명(共鳴) 중인 두 소리굽쇠의 잔잔한 파동이 전해지고 있었다. 그 느릿느릿한 파동은 내 귓전에 모이고, 모여서 '한 사람'이면서 '두 사람'인 양희은의 '부부송(夫婦[song])을 재현하고 있었다. 다음 순간, 부창부수(夫唱婦隨)란 말이 떠올랐다. 그리고, 그 교장 선생님 부부의 모습이 실루엣처럼 어른거렸다.

그래서 그 소나무의 이름을 나모 모르게 '부부송(夫婦松)이라 이름 지었다. 산을 내려오는데, 건너 편 큰 보현산 위로 보현보살의 미소 같은 흰 구름이 피어오르고 있었다.

속리산 참회나무

-전설 만들기

속리산(俗離山)은 안과 밖이 다른 산 같다. 이름 그대로는 세속을 떠나 있는 산이다. 이 이름은 이 산의 바깥 모습엔 참 어울린다. 그러나 이 산에 관련된 설화(說話)를 들으면 이름과는 딴판으로 여겨진다.

속리산(俗離山)의 외양(外樣)은, 어쩌면 태초에 조물주가 인간을 만들어 놓고, 그 인간들 중 위대한 조소가들에게 명하여 만든 작품처럼 보인다. 그러니까 이 산은 먼저 소조가(塑造家)가 대담하게 바위산 골격을 붙여 나간 후, 조각가(彫刻家)가 세밀하게 깎아서 완성한 조소(彫塑) 작품인 것 같다. 그 대표적인 솜씨의 결과라 할 문장대에 올라 청법대, 신선대, 입석대

초목은 이렇게 살라 하고

등을 연결시켜 보면 이런 생각을 지울 수가 없다.

그러나 이렇게 예술 작품으로 태어난 속리산(俗離山)이건만 이 산에 얽힌 역사적 흔적으로 보면 아이러니(irony)의 산이다. 이름 그대로라면 욕망을 벗어던지고 세속을 떠나 홀홀히 서 있는 모습이어야 할 텐데, 이 산에 서려 있는 전설은 전혀 그렇지가 못하다. 오히려 가장 세속적 욕망으로 비인간적인 모습을 보여준 왕들의 전설을 품고 있기 때문이다.

'산은 세속을 떠나지 않는데 세속이 산을 멀리 한다'(山不離俗 俗離山)는 최치원의 노래와는 어울리지 않게 속리산은 이미 오래 전에 세속의 복판으로 끌려 나왔다. 속리산을 세속으로 끌어낸 것은 전설의 가닥을 더듬고 역사의 여백을 뒤지면 조선 3대 왕인 태종에 가 닿는다.

왕자의 난을 일으키며 어린 동생을 죽이고 용상에 앉은 이방원은 자신의 죄를 씻겠다고 법주사를 찾았다고 전해진다. 속리산의 들머리인 지금의 말티고개가 열린 것은 이때라고 한다. 태종은 법주사 부처님 앞에서 자신의 칼에 목이 떨어진 영혼들을 위로하는 천도불사를 올린 뒤에 마음의 평정을 찾았다고 한다. 지금의 보은이 보령이라는 옛 이름을 버리게 된 것도 은혜에 보답하겠다는 각오로 태종이 내린 것이라는 이야기가 전해온다.

뿐만 아니라 이 산에는 어린 조카의 왕위를 찬탈한 세조에 관련된 전설이 많다. 먼저, 세조가 말을 타고 넘은 고개라 해서 말티고개라고 부른다는 내력이 전해진다. 이때 그 고개는 세조의 행차를 위해 전석(轉石)으로 포장까지 하는 호사를 누렸다. 지금도 굽이가 심하고 경사가 심한데 아무리 잘 다듬었다고 해도 고개는 험해서 세조의 가마를 멘 가마꾼들이 고개 중간에서 지쳐 쓰러지고 말았다고 한다. 결국 세조는 말을 타고 고개를 넘을 수밖에 없었다는 것이다.

다음으로 정이품 소나무에 관련된 전설이다. "가마가 걸린다."는 왕의 말 한 마디에 소나무가 가지를 쳐들었다는 이적 덕분에 세조로부터 정이품이라는 벼슬을 얻었다는 것이다. 그 소나무는 지금은 한쪽 팔을 잃은 불구의 모습으로 서 있다. 혹독한 솔잎흑파리의 공격도 이겨냈지만 1993년 태풍이 기어코 한쪽 가지를 부러뜨려놓은 탓이다.

한편, 이 산의 제1경인 문장대(文藏臺)에 남겨진 세조의 전설은 속리산(俗離山)이라는 이름과는 괴리감을 자아낸다. 세조가 법주사 언저리에서 요양하며 '목욕소'라는 지명을 낳고 복천암이라는 암자를 지으며 '열 섬의 환약과 열두 동이의 탕약'으로도 낳지 않는 괴질을 달래고 있을 때, 꿈속에서 월광태자라는 귀인을 만나게 된다. 귀인이 알려주는 대로 오른 곳이 문장대이고, 거기에 오르니 삼강오륜을 설파한 책이 있었다는 것이다. 세조는 감읍해 기도를 올리고 신하들과 그 책의 내용을 강론했다고 한다. 그런 연유로 원래 이름이었던 운장대(雲藏臺)는 지금의 문장대(文藏臺)라 부르게 되었다고 한다.

월광태자라는 귀인이 삼강오륜을 세조에게 전한 것은 무슨 연유였을까? 조카를 죽인 악인에게 삼강오륜을 가르칠 자격을 주려 함은 아니었을 것이다. 그것은 앞의 태종의 경우에서 보듯 본인의 죄업을 참회(懺悔)하라는 뜻이라 보는 것이 순리적일 것이다.

그렇다. 태종이 법주사를 찾았다거나 세조가 복천암을 지었다는 것은 '참회'의 뜻이 조금이라도 있었다고 선의의 뜻으로 보아야 할 것이다. 그래야만 이 산에 얽힌 부자연스러운 반어(反語)는 풀릴 수가 있겠기 때문이다.

공교롭게도 이 산에는 참회나무가 많다. 내가 이 산에 오른

것은 마침 9월 중순경이어서 빨간 열매를 조롱조롱 단 이 나무들은 중턱 이상에서 문장대 가까이의 높이까지 군락을 이루고 있었다. 열매에 날개가 달려 있지 않다는 점에서 회나무와는 차이가 있다는 식물학적 지식은 차치하고서, 이 산의 참회나무는 '참회(懺悔)나무'라 해야 속 시원한 존재의 가치가 있어 보인다. 그리고 세조가 문장대에 오르는 동안 줄곧 이 나무를 보면서 죄업을 씻었다는, 새로운 전설 한 대목이라도 붙여 봄 직하지 않겠는가.

초목은 이렇게 살라 하고

개가죽나무설(說)

　대구에 있었던 경북도교육청 정문과 도청교 근처에는 개가
죽나무가 많았다. 그런데 그 곳에 근무하던 2년 반 동안이나
푸른 잎들을 보면서도 그 나무들을 '쉬땅나무'로 잘못 알아왔
었다. 그러다가 어느 해 여름 출퇴근길에 도청교 옆에 유난히
흰색이 가미된 연둣빛으로 피어 있는 그 나무들의 꽃을 바라
보며 이상하다는 생각을 하게 되었다. 인터넷에 찾아본 '쉬땅
나무'의 꽃은 수수 모양을 닮았으며 색깔도 흰색이었다. 그렇
다면 이 나무의 이름은 무엇일까? 무더위 속에서도 내내 그것
이 궁금하였다.

　그러다가 광복절(8.15) 휴일에 구미의 경상북도환경연수원

수목원을 찾았다. 다행히 꽃이 지고 있는 그 나무가 수목원 가장자리에 한 그루 서 있었다. 하지만 하필 그 나무에는 이름을 알려주는 패찰이 달려 있지 않았다. 난감했다.

마침 멀지 않은 곳에서 사진을 찍고 있는 한 분을 만났다. 최근 취미 삼아 사진기를 들기 시작했다는 그 분에게 인사를 하고 대뜸 나무 이름을 청하였다.

"아, 이 나무, 가죽나무이에요."

순간, 나는 약간 어리둥절하면서 맥이 풀리는 기분을 느꼈다.

'가죽나무라, 도청 앞에 그 나무의 잎을 따는 사람을 본 적이 없는데…….'

또 다른 궁금증이 생겼지만, 마음속으로 접어두기로 했다. 그 분이 자신도 이름을 몰라 애를 태우는 나무가 하나 있다고 자리를 옮겼기 때문이다. 다행히 '피나무'라 알려 드릴 수 있어 기쁜 마음으로 헤어졌다.

돌아와서 생각해 보았다. '가죽나무'라 해도 잎을 먹지 않는 것이 있는 모양이다. 인터넷으로 확인해 보니 과연 그러하였다.

초목은 이렇게 살라 하고

내가 그때까지 알고 있는 '가죽나무'에 대한 지식은 어린 순이 붉은 색을 띠고, 그것을 따서 나물로 먹는다는 것이 전부였다. 그런데 사람들이 통상 '가죽나무'로 부르지만 식용으로 쓰는 나무는 엄밀히 말하면 '참죽나무'이고, 식용이 아닌 나무는 '개가죽나무(가중나무)'를 가리킨다는 것이었다.

그제서야 내가 이른바 식용이 아닌 '개가죽나무'의 잎을 보고서도 가죽나무류라 여길 수가 없었던 연유를 깨달을 수 있었다. 그리고 잎이 유사하게 생긴 그 나무를 '쉬땅나무'라 오해할 수밖에 없었던 이유도.

한편, 내가 '개가죽나무'라는 이름을 알 수 없었던 또 하나의 이유는 그 나무의 꽃에는 관심이 없었기 때문이다. '(참)가죽나무는 잎을 따서 나물로 먹는다'는 사실에만 관심이 있었기에 그 나무의 꽃을 보고도 이름을 알 수가 없는 것은 당연한 귀결이었다고나 할까.

이것은 마치 목련에 대해서는 꽃만 주목하는 경우와 같다고 할 것이다. 만일 목련의 닭 볏 비슷한 빨간 열매만 내밀며 무슨 나무의 열매인지 알아맞히어 보라고 하면 정답을 제시할 사람은 십 중 오를 넘지 못할 것이다.

아, 이렇게 어떤 사물에 대한 지식이란 인간의 자기중심적인, 우선 필요한 정도의 실용적인 관점에 매몰되어 있는 것이 아닌가! 그리하여 우리가 어떤 대상에 대해 안다는 것은 흔히 일부분에 지나지 않고, 그 취약성으로 인해 오류를 범하기 쉬운 일일 터이다.

통합과 융합의 물보라를 일으키며 흘러 가는 시대의 강변에서 개가죽나무로 하여 일말의 부끄러운 즐거움을 느껴본다. 지식의 폭을 넓히려는 분발의 채찍을 마련하고 싶다는.

초목은 이렇게 살라 하고

호야꽃 화분을 보며

3월 하순 무렵이었다. 어느 날 아내가 호야꽃이 피었다고 했다. 처음에 나는 그게 무슨 꽃이냐고 되물었다. 아내는 거실 한쪽 모서리를 가리켰다. 거기에는 별로 두드러지지 않는 연녹색 덩굴식물 줄기에 불꽃놀이 때 바라본, 옅은 분홍색 불꽃다발 같은 꽃이 하나 달려 있었다. 언뜻 보니 수수하지만 무엇인지 모를 매력을 품고 있는 듯하다.

6년 전쯤부터 아내는 내가 받은 전근(轉勤) 축하 화분들 옆에 장식용으로 심어진 식물 중 이 덩굴 식물 서너 포기를 모아 따로 분에 이식해 두었다고 한다. 그랬더니 올봄에서야 드디어 처음으로 꽃을 피웠다는 것이다.

그리고 보니 그 옆의 사철나무 화분에는 아직도 그 장식용 호야덩굴 한 포기가 외롭게 움츠리고 있는 것이 새삼 눈에 다가왔다. 그 순간 '식물 한 포기도 제가 주도적으로 살 수 있는 터전이 있고 없음에 따라 이렇게도 차이를 드러낼 수 있단 말인가' 하는 생각이 들었다.

그런데 이러한 사정은 비단 식물의 성장에 한정되지 않을 것이다. 우리의 많은 청년들이 장식용 식물처럼, 알맞은 터전을 제대로 잡지 못하고 이른바 '열정 페이'라 하여 희생 아르바이트 신세를 면치 못하고 있지 않은가.

다시금 호야꽃에 눈길이 간다. 산벚꽃 같이 고요하면서도 은은한 자태에 새삼 마음이 끌린다. 청초한 멋을 지닌 채 긴 꽃자루에 달린 꽃송이들 하나하나는 단아한 매화 꽃봉오리를 닮았다고나 할까.

호야꽃 화분을 보며, 저마다 성장의 바른 자리를 찾아주고, 정성을 기울이며 기다리는 것이 인재를 키우는 비결일 수 있음을 새롭게 깨닫는다. 더욱이 조연(助演)을 넘어 주연(主演)으로 살아가는 행복한 인재를 육성하기 위해서는.

가을 아까시꽃

길게 이어가던 늦더위가 꼬리를 내리고, 아침저녁으로 선선한 바람이 불어오기 시작한 9월초의 늦은 오후였다. 텃밭으로 가는 마을 숲에서 놀라운 장면을 발견하게 되었다. 주변의 아까시나무들 중 한 나무에 하얀 물체들이 보이는 것이었다. 가까이 다가서서 보니 신기하게도 몇 송이의 꼬투리에서 꽃망울들이 터뜨려지고 있었다. 뜻밖의 모습을 알리려고 스마트폰에 그 모습을 담으면서 자세히 바라보니, 개화는 그 주위의 나무보다 더욱 싱싱하고 젊은 나무에서 진행되고 있었다.

더러 11월에 진달래나 개나리 등이 핀 사례는 있는 일이다. 그런데 그날 그 장면은 '지구 온난화로 인한 이상 기후 징후'

라고 과학적 상식으로만 정리할 수 없는 어떤 여운을 내게 드리워 주었다.

우리의 일상적 경험으로는 봄꽃, 가을꽃 간의 질서 있는 구별이 있지만, 어렵고 혼미한 시절에는 계절의 질서도 흐트러질 수 있는 일인가 보다. 나아가 어쩌면 가을에 핀 아까시꽃은 정상적으로 때를 맞추어 살아가기 어려운 오늘날 우리 청년들의 처지를 시사해주는 것 같다는 생각이 들었다. 그들이 보통 생각하는 '봄날'에 자신이 일하고 싶은 직장에서 근무하지 못하고, '가을'날로 자꾸만 밀려나고 있는 실정이기에 말이다. 그 연쇄 반응으로 결혼의 계절도 뒷걸음을 치는 것 역시 흔한 현상이다.

우리 첫째 아이의 경우도 예외가 아니다. 아이는 인문 과목을 전공하고 서울에서 통신기술 분야의 기업에 입사하였으나, 적성에 맞지 않은 채 5년을 버텨왔다. 그러더니 이제 퇴사해야겠다고 엄마와 통화를 했다는 것이다. 협력 업체의 갑질에 도저히 견디기 어려워서이기도 하지만, 좀 늦더라도 이제부터는 정말 가슴이 떨리는 일을 찾아 나서겠다는 뜻을 밝힌 셈이다. 제 엄마는 이미 승낙을 했고, 나도 주말에 상경(上

초목은 이렇게 살라 하고

京)하여 상담을 하고는 딸의 선택을 지원하기로 했었다.

텃밭에서 돌아오는 길에 가로등 불빛 아래 고즈넉이 피어 있는 그 아까시꽃을 다시 보았다. 가을을 재촉하여 모두가 잎조차 떨굴 채비를 하는 때에 이례적으로 피어난 꽃의 사연이 궁금한 듯이 유심히 바라보았다. 그런 나에게, 그 꽃은 이렇게 말하는 듯했다.

'아침저녁으로 얼굴이 시린 계절이지만, 나 하나 꽃 피어 이 땅의 동료들에게 희망을 주고 싶어요. 가을에도 아까시꽃은 피어날 수 있다는……'

가을 아까시꽃의 이 얘기를 딸에게 전해 주리라. 귀가하는 내 발걸음이 한결 평안하였다.

섬엉겅퀴 단상(斷想)

울릉도의 먹거리들 중에 나를 놀라게 한 것 중의 하나는 엉겅퀴이다. 다른 새로운 산나물도 많았지만 그것들은 육지에서 별로 보지 못한 것이어서 오히려 혼란은 없었다. 그러나 엉겅퀴를 먹는다는 것은 육지에서는 경험하지 못한 일이어서 나를 어리둥절하게 했다.

입도(入島) 직후 도동읍의 어느 식당에서 '약초 해장국'이라는 형태로 이 식물을 처음으로 맛을 보았다. 그리고 나서 집에서도 이미 두어 번 된장국을 끓여 먹었기에, 이젠 이 식물을 먹는다는 게 실감이 난다. 아니, 은근히 기대가 된다. 이웃 사람들 말로는 육지에서도 어린 순은 뜯어 나물삼아 먹는다고 하나 드문

초목은 이렇게 살라 하고

일인 듯하다. 더구나 여기서는 뿌리도 먹는다니 더욱 놀랍다.

사실 난 엉겅퀴에 대해선 별로 좋은 인상을 갖고 있지 않았다. 가시가 있는 험한 풀이라는 인상에다가 할미꽃과 대비하여 뿌리도 약하다는 생각을 가지고 있었기 때문이다. 몇 해전 4월 중순 무렵이었던 것으로 기억된다. 처남이 장가를 들어 처조모님 산소에 인사를 드리러 가는 길에 동행하게 되었다. 성묘를 마치고 돌아오는 길에 큰처남댁이 학교 교재원에심을 것이라며 풀꽃 몇 가지를 캐가고 싶다고 하셨다. 산소 주변에서 우선 엉겅퀴 서너 포기를 캤다. 이놈들은 잎줄기에 가시가 있어 캐는 이의 손을 콕콕 찌르긴 하지만, 아픔을 참고조금만 흙을 파면 대번에 뿌리째 뽑히곤 했다. 그러나, 할미꽃은 그 이름답지 않게 불그레한 얼굴에 수줍은 듯이 고개 숙여 노르스름한 속웃음을 웃고 있지만, 원줄기의 굵기가 우선 캐는 이의 마음을 압도했다. 나무 꼬챙이로 힘을 들여 팔수록그 깊이 또한 여간한 게 아니라는 걸 알 수 있었다. '하긴 할미가 되기까지 산전수전 다 겪는 동안 뿌리도 저리 깊게 내렸구나!' 하고 생각하니, 다음 순간 '그것은 연륜(年輪)이다.'라는말이 저절로 떠올랐다. 이렇게 긴 인고(忍苦)의 세월 동안 삶의 깊은 터전을 마련해 두고서 오히려 머리 숙인 할미꽃에 대비하여, 난 엉겅퀴를 상대적으로 낮추어 생각해온 터였다.

그런데 울릉도에 오니 사정이 달랐다. 앞에 '섬-'이라는 말을 달고 있는 여기 식물들은 대개 독성이 없고 부드러웠다. 섬엉겅퀴도 그렇다. 육지의 그것에 비해 잎의 가시가 부드러워서 여러 가지 요리의 재료가 되고 있는 것이었다.

그러고 보니 나는 두 가지 잘못을 한 것 같다. 하나는 다른 종과 비교함으로써 이 식물 고유의 생태를 무시한 것이다. 이는 사물을 그 자체로 보지 못한 우를 범한 것이다. 둘째는 같은 엉겅퀴류 중에서도 다른 특성을 지닌 종이 있다는 것을 간과한 잘못이다. 이는 사물을 획일적으로 바라보는 데서 오는 잘못이랄까.

그러나 기본적으론 나의 엉겅퀴에 대한 짧은 견문이 문제인 것 같다. 남해의 거문도에서는 '항각구국'이라 하여 갈치를 넣은 엉겅퀴국을 즐겨먹는다고 한다. 제주도의 갈치국과 비슷한 이 음식물은 '갈치고기의 달콤함과 엉겅퀴의 쌉싸래한 맛이 조화를 이루고, 고기의 부드러움과 나물 가시의 까슬까슬한 느낌이 희한하게도 맞아 떨어진다'고 한다. 섬을 떠난 노인

초목은 이렇게 살라 하고

들이 허전함에 지쳐 속이 헛헛해지면 이 국 한 그릇이나 시원하게 먹어 보았으면 하는 마음으로 향수에 젖곤 한다니 이곳 울릉도보다 더 애용하는 향토 음식인 듯함에랴!

한편, 독일에서는 이 식물이 간경화증에 대한 치료제를 개발하는 데 사용되고 있다는 것. 세계 각지의 엉겅퀴를 채취하여 성분을 검사한 결과 한국산이 가장 효능면에서 뛰어나다고 한다. 그리고, 스코틀랜드에서는 이 식물을 국화(國花)로 삼고 있기도 하다. 옛날에 이 나라에 침입한 바이킹의 척후병이 성 밑에 난 엉겅퀴 가시에 찔려 비명을 지르는 바람에 성 안의 병사들이 깨어나 바이킹을 물리친, 구국(救國)의 꽃이라는 데서 연유한 것이라 한다.

이렇게 보면 어떤 식물이 어떠하다는 평가는 단순하지만은 않다고 할 수 있는 일이다. 엉겅퀴에 대한 나의 편견과 고정관념처럼, 어떤 사물이 또 다른 여러 경우가 있음을 고려하지 못할 때 그릇된 판단을 내릴 수 있기 때문이다. 꽃밭에서 잡초를 제거하는 행위는 잡초의 입장에서는 참으로 억울한 일이라는 시구(詩句)가 새삼 떠오른다.

〈'한국교원신문', 1999. 8. 25.〉

말오줌대나무

이제 울릉도의 서면 남양 땅을 호흡한 지도 두 달이 지났나 보다. 남서천과 남양천이 만나 바다로 흘러 들어가는 곳, 그래서 사람들은 이곳을 '골계'마을이라 불렀다. 이 골계 청류(淸流)의 낭랑(朗朗)한 소리를 들으며 지내는 동안 내게 가장 관심을 끄는 것은 아무래도 가까이서 늘 보게 되는 국수산과 더불어 투구봉과 사자바위였다. 그래서 나는 아직도 길가에서는 물론 교정(校庭)에서도 자주 투구봉 쪽으로 눈길이 가곤 한다.

그와 더불어 내가 흥미를 느끼게 된 나무도 한 종류 생겼다. 울릉도라면 흔히 동백나무, 후박나무를 말하겠지만, 그보다 먼저 나를 부르는 것은 '말오줌대나무'였다.

초목은 이렇게 살라 하고

지난 3월 중순, 토요일이었다. 말로만 여러 번 듣던, 경상북도 기념물 제72호인 남서고분을 찾았다. 안내 현판을 따라 15기의 각 고분들을 둘러보니, 돌은 영원한데 거기에 묻혔던 사람들의 흔적은 간 곳이 없었다. 하기야 세월이 그 언제랴!

특히 내게 돋보인 것은 9호 고분 정면 입구에 서 있는 조그만 한 그루 활엽수였다. 언뜻 보기엔 그 잎이 두릅나무의 잎과 유사하였다. 이 나무는 그 고분 정면 입구 돌 틈에 뿌리를 내리고서 줄기는 석총의 윗덮개를 이룬 돌들의 사이를 뚫고 솟아올라 있었다. 물론 윗덮개는 듬성듬성한 돌무더기여서 그 틈으로 빠져나온 줄기였지만, 그 형상이 내겐 특이하였다. 그 돌무더기 사이로 고개를 내민 잎들이 바람에 가볍게 떨면서 하늘을 향해 호흡을 하고 있는 모습은 끈질긴 생명력을 전해 주는 듯하였다. 마치 '나는 이렇게 이 땅에 버티어 왔다.'라고 가늘게 외치는 울릉 개척민의 영혼 같아 숙연한 마음이 들기도 하였다. 이 나무와의 첫 만남은 이렇게 이루어졌었다.

그 날 이후로 그 나무의 이름이 참 궁금하였다. 마을 할아버지는 '귀버섯나무'라 했고, 젊은이들은 '마지름대나무'라 했다. 울릉군농촌지도소에서 나온 '울릉도의 자생식물'이란 책자에 보니 '말오줌대나무'였다. 그 이름에 대한 궁금증이 풀리던 순간에는 가벼운 흥분마저 느꼈다.

그 책자에 의하면 이 나무는 인동과에 속하는, 울릉 산간계곡 특산 식물이라고 한다. 이 나무의 생태에 관심을 가지면서 내게 자연스레 떠오르는 말은 '민초(民草)'였다. 이곳 남양천, 혹은 남서천변에 많이 자생하는 이 나무의 잎은 울릉도에서 가장 먼저 피어 나온다고 한다. 이는 아침 일찍, 아니 새벽같이 일어나 미역이나 산나물을 뜯는, 부지런한 섬 주민을 닮은 모습이 아닐까 싶다. 작은 것들이 뭉치어 피어나는 꽃 색깔도 황백색(黃白色) 혹은, 백록색(白綠色)이어서 민초의 수수한 이미지를 풍겨준다. 목질은 연하지만, 꺾꽂이와 휘묻이로도 이식이 가능할 정도로 강인한 생명력이 또한 민초를 닮았다.

또한 이 나무는 천변(川邊)이나 그 가까운 산기슭에 다른 산나물들과 함께 어우러져 산다. 높거나 깊은 산에 독야청청(獨也靑靑)하는 것이 아니라 이웃 초목들이 쉬는 겨울이면 같이 잎 지고, 새싹을 틔우는 봄이면 함께 돋아나는 식물이다. 그의 허리춤이나 발목 부위에는 키 큰 쑥들이 이웃하고 있다. 주변의 산나물보다 키가 크다고 으스대는 일 없고, 그를 본받아

초목은 이렇게 살라 하고

쑥도 육지와는 달리 주변을 쑥대밭으로 만드는 일은 거의 없는 듯하다. 부지깽이들도 마주보고 서 있으며, 전호며 달래도 어깨를 나란히 하고 있다. 그 속엔 모시나물도 나지막이 자리 잡고 있다.

이 나무는 접골목(接骨木)이라고도 하는데, 그야말로 뼈가 부러졌을 때는 잘 듣는 약으로 쓰였다고 한다. 옛날 비료가 부족하던 시절엔 잎을 밭에 뿌려 거름으로 쓰기도 하였다. 죽은 나무에서는 '목이(木耳)버섯'을 생산하여 민초에게 유용함을 제공하기도 한다. 아이들과도 이 나무는 친밀한 관계였다. 가지를 잘라 심지를 빼고 종이를 씹어서 총알을 만들어 쏘면 '딱' 하는 총소리가 났는데, 이것이 '딱총나무'란 이름이 붙여진 연유라 한다.

그러나, 이 나무는 순하기만 한 것은 아니다. 자기를 해치는 존재 앞에서는 접골목 특유의 냄새로 응전한다. 어디 잎을 한번 찢어 보라. 아마도 딱총을 쏘듯 냄새를 그대의 코에 적중시킬 것이다. 그렇게 패기 어린 저항력을 갖추었건만, 오늘날 그의 잎새에 시름이 어려 보임은 웬일일까.

그것은 한일어업협정의 실패로 대화퇴어장을 잃은 어민들

의 걱정 소리를 들었기 때문일까. 아니면, 중국산 산나물이 밀려들어와 이곳 동료 나물들의 육지 진출이 어려워지고 있다는 소식 때문일까.

　가끔 시들은 그 잎들을 볼 때는 왠지 처연해 보임은 나만의 지나친 감상일까. 아무튼 말오줌대나무여! 이 땅 개척민의 영혼인양 끈질긴 생명력의 상징인 너는 앞으로도 이곳 민초(民草)들과 함께 어떠한 어려움도 능히 극복하면서 저 남서고분의 돌처럼 영원하여라.(1999)

초목은 이렇게 살라 하고

고사리 순을 꺾으며

산불이 지나간 뒤의 민둥산에는 고사리가 많이 나기 마련이다. 우리 사택(舍宅) 주변에는 그런 민둥산이 많다. 그래서 봄이면 산책을 겸하여 가까운 곳을 찾곤 한다.

이런 채미(採薇) 산행은 비가 온 뒤가 적격이다. 반면에, 가뭄이 심할 때는 이런 산행의 기회를 가지기 어려울 때가 있다. 한편으로는 이런 시기적인 원인이 아니더라도 고사리 꺾기의 재미를 맛보지 못하는 경우가 있다. 그것은 한 마디로 고사리를 찾는 요령부득(要領不得) 때문이라 할 수 있다. 가냘픈 솜털에 싸인 이 식물의 어린 싹은 마치 하얀 장갑을 낀 채 모아 쥔 아가의 손처럼 앙증스럽다. 그러나 이 아기는 낯을 가리는 편

이어서 쉽사리 아무에게나 안기려 하지 않는다고나 할까.

하루는 아내와 함께 산에 오른 적이 있었다. 아내는 산 아래에서부터 차근차근 위를 향해 오르며 고사리를 찾는데, 나는 무턱대고 자꾸 위로 올라 아내 쪽으로 내려다보며 고사리를 찾았다. 한참 후에 보니 아내는 연방 허리를 굽혀 고사리 순을 꺾건만, 나는 좀처럼 그 식물을 찾을 수가 없었다. 고사리가 없다는 나의 불평에 급기야 아내가 한 마디 하였다.

"고사리는 산 밑에서 위를 향해 찬찬히 살펴야 잘 보여요."

아뿔싸! 그런 비결이 있었구나. 나는 그 자리에서 등을 돌려 위를 쳐다 보았다. 그제야 베어낸 나무 그루터기 옆에서, 혹은 풀잎들이나 관목 뿌리들 사이에서 다소곳이 고개를 숙이고 맞아주는 고사리 순(筍)들……. 부득이 아래로 보아야 할 경우라도 자세를 바꾸어, 적어도 옆에서 비스듬히라도 보아야 그 순(筍)들은 내게 맞대응을 해 주는 것이었다.

문득, 안도현의 '연어'라는 동화의 한 구절이 떠오른다.

"연어를 위에서 내려다보는 것, 그것은 연어를 위해서 불행한 일이다. 그러니까 연어를 완전히 이해하고 사랑하는 방법은, 연어를 옆에서 볼 줄 아는 눈을 갖는 것이다."

초목은 이렇게 살라 하고

이 말은 우리가 어떤 대상을 참되게 알기 위해서는 진정한 친구가 될 마음가짐이 필요하다는 것을 암시해 준다고 하겠다. '여우'가 '어린왕자'에게 말한 그대로다. "세상을 잘 보려면 마음으로 보아야한다는 거지." 라고.

사람과 사람 사이의 상호 관계도 이와 같은 것이 아닐까? 내가 먼저 마주 대하는 사람을 향해 따뜻한 마음의 시냇물을 흘려보내는 일이 소중하리라. 바야흐로 우리는 자기중심이 아닌, 타인과의 소통 중심의 시대에 살고 있음에랴.

고사리 순(筍)을 꺾으며, 새삼 삶에 있어서 관계 조망의 원리를 생각해 본다.

〈교육부, '교육월보', 1998. 7.〉

자귀나무 꼬투리

교정(校庭)의 구내식당 앞뜰에 서 있는 자귀나무에는 소담
스런 가을이 꼬투리로 익어간다. 제법 힘이 실린 가을바람에
황갈색의 악기들이 체에 콩을 굴리듯 투명한 소리를 내며 황
혼을 맞고 있다.

자귀나무 꼬투리에는 억새꽃의 가을이 영글어 간다. 바야
흐로 논밭의 둔덕이나 산기슭의 낮게 드리운 관목들 사이로
억새꽃들의 향연(饗宴)이 한창이다. 삽상한 가을바람을 맞으
며 한낮 햇볕의 세례를 받아 하이얗게 빛나는, 그 부드럽고 고
운 자태가 마음까지 따스하게 밝혀주는 듯하다.

지금 내게 그 꽃은 '곱다'는 인상에 '늙음'의 이미지를 덧보

태어 준다. 어쩌면, 이제 온갖 풍설과 폭염을 다 겪고 인생의 모든 희비애락(喜悲哀樂)을 여과해 내면서 곱게 늙어 가는, 모시적삼을 입은 할머니의 모습이랄까.

누구에게나 스무 살을 넘기면서부터 서서히 노화(老化)는 시작된다고 하니 그것은 피할 수 없는 일임에랴. 그럴진대 나의 의지를 발휘할 수 있는 것은 늙음의 과정이라 할까. 그렇다. 산다는 것은 곧 늙어 가는 것, 같은 값이면 곱게 늙어 가야지…….

자귀나무 꼬투리 속에는 가족 사랑의 울력이 고동색의 알맹이로 엉겨 있다. 봄날, 이 나무의 연녹색 잎들은 잔디 아래 대지의 수분을 쉴 새 없이 들이켰다. 이른 여름 날, 그 때는 이 꼬투리들이 '꽃'이라는 이름으로 자신의 연출에 모든 힘을 기울였다. 곧, 공작새의 부챗살 같은 꽃잎들을 우산살 모양으로 하늘을 향해 마음껏 펼쳤다. 이렇게 곱디고운 수꽃 곁에 선 수수하고 밋밋한 암꽃들은 내조(內助)의 진수를 펼쳐 보여 주고 있다. 스스로는 못 먹고 못 입어도 남편만은 잘 먹이고, 좋이 입히려는 우리네 전통적인 아내의 모습을 보는가 싶다.

이러한 꽃의 축제 이면(裏面)에는 그 오색 꽃을 감싸 안은 잎들의 애타는 기도의 울력이 있었다. 밤이면 밤마다 마주 보는 두 장의 잎들은 짝을 이루어 꽃의 향연(饗宴)을 뒷바라지하면서, 가슴을 서로 감싸 안은 채 날이 새도록 결실(結實)에의 기도를 올려 왔지 않았던가. 이렇게 보면 이 나무의 잎들은 아마도 꽃들의 부모와 같다는 생각이 든다. 궂은 날이나 맑은 날이나 오직 한 마음, 자식들 잘 되기만을 기원하는 우리네 부모님의 마음을 닮았다고나 할까.

아무려나, 이렇게 봄여름 동안 사랑의 울안에서 최선을 다해 생을 구가(謳歌)해 왔기에, 이제 때깔 있고 평화로운 만년(晚年)을 맞이하고 있나 보다.

자귀나무의 갈색 꼬투리를 보면, 노르스름하게 잘 익은 맥주 빛이 연상된다. 재작년 여름이었던가. 구미의 어느 맥주 공장을 견학했을 때의 일이다. 그 술의 제조 과정을 따라 가노라니, 흡사 우리 인생길 같다는 느낌이 들었다. 담금, 전발효, 후발효, 여과, 생맥주……. 이러한 과정은 출생 및 아동기에서부터 미성숙의 청소년기(사춘기), 숙성(熟成)의 장년기, 이순(耳順) 혹은 종심소욕불유구(從心所欲不踰矩), 곧 완숙(完熟)의

초목은 이렇게 살라 하고

노년기에 이르기까지 우리 일생의 행로를 생각나게 했다.

그렇다면, 내 인생은 지금 어디쯤에 있는 걸까. 이제 불혹(不惑)의 초입에 들어선 나는 대개 '전발효'에서 '후발효'의 등성이를 오를 순간에 있지 않나 싶다. 그런데, 나무의 잎들은 그 위치적 조건에 따라서 단풍 색깔의 변화를 가져온다는데, 지금 내 인생의 빛깔은 어떨까. 아마 흐렸다가 잠시 밝았다가 하는 무채색의 범주 내에 머물러 있는 것이 아닐른지. 그러면서 어디로 어떻게 올라야 하는지 아직도 망설이고 있기에 숙성(熟成)의 시대로 향해 나가지 못하고 있는 실정인가 보다.

나도 가족 사랑의 효모로써 내 인생을 가을 억새꽃처럼 곱게 발효시키고 싶다. 나의 천분을 충분히 숙성시키고, 또 여과하여 잘 익은 맥주 빛에 버금가는 빛깔을 내고 싶다. 그리하여, 나다운 완숙한 내일을 맞을 수 있었으면 하는 마음으로 교정의 자귀나무 꼬투리를 다시금 바라본다.(1997.11.)

이팝나무의 고언(苦言)

늦봄의 귀향길에 포항시(浦項市)의 양포(良浦)를 지날 때면 이 마을 어귀에 하얗게 꽃이 핀 나무들을 유심히 보곤 했다. 나중에야 대구(大邱) 원산의 이팝나무 꽃이라는 걸 알았지만, 그 때는 어쩌면 이승에 핀 저승의 꽃이 아닐까 싶도록 막연히 신비하기만 하였다. 그러던 것이 지난봄엔 꽃이 한창인 이 나무의 모습을 포항시 흥해읍 향교산 군락지에서 반갑게 만날 수 있었다.

이팝나무의 '이팝'은 '이밥(쌀밥)', 그 중에서도 다른 잡곡이 섞이지 않은 순수 멥쌀로 지은 밥, 곧 '입쌀밥'을 가리킨다. 벤치에 앉아서 푸른 잎들 위의 소복한 흰 꽃들을 쳐다보니, 그야

초목은 이렇게 살라 하고

말로 상추쌈에 싸인 쌀밥을 연상케 한다.

다음 순간 이 나무의 이름에 관심이 쏠린다. 보릿고개의 막바지에 흰 눈이 내린 듯 하얗게 피어나는 이 나무의 꽃에 '이밥'이란 이름을 붙인 데는 우리 조상들의 눈물어린 염원이 서려 있지 않을까. 얼마나 쌀밥이 먹고 싶었으면 나무 이름을 그렇게 지었으랴! 부디 올해는 풍년이 들어 저 나무의 흰 꽃 같은 쌀밥을 실컷 한 번 먹어 보았으면 하는 민초들의 비원(悲願)이 꽃으로 피어난 것이리라.

참으로 배고픈 것만큼 서러운 것은 없다. 로마의 철학자 세네카는 '눈물을 흘리며 빵을 씹어 보지 못한 사람은 인생이 무엇인지 말할 자격이 없다.'라고 했다. 이러한 배고픔의 설움을 꽃으로 보여 주는 이 나무는 내게 내핍(耐乏)과 절제(節制)의 미덕을 얘기해 준다.

그렇건만, 우리는 최근 이 나무가 들려주는 미덕을 잊고 생활하고 있는 것은 아닐까. '작은 것이 아름답다'는 독일 경제학자 슈마허의 충고를 뒤로 한 채 주택이나 자동차의 대형화 유행 심리가 퍼지는 등 욕망의 액셀러레이터 속에서, 브레이크의 역할이 소중하다는 것도 잊고 살아왔다. 그리하여, 조금만 브레이크에서 발을 떼어도 앞으로 곧바로 뛰쳐나가는, 욕망도 자동화된 시대에 살고 있는 우리. 브레이크의 역할을 보조하던 클러치마저 없어져 가는데다 가속페달만 강화되고 있는 것은 아닌지.

이러한 시대이기에 어렵게 살던 선조들을 생각하며 적절히 브레이크를 잘 쓰는 사람이 장기적으로 보면 안전하게 멀리까지도 신속하게 가는 것이라 할 것이다. 반면, 브레이크를 밟아야 할 시기에 가속페달을 밟는 실수는 거의 치명적임에랴.

이팝나무가 들려주는 또 하나의 얘기는 우리 것을 지켜가자는 호소의 목소리이다. 주식(主食)으로서 쌀은 정말 우리와 동고동락해 온 반려자라 해도 좋으리라. 우루과이라운드 이후에 이 땅의 농촌 사람들이나 도시 사람들 할 것 없이 한 목소리로 쌀 시장 개방에 끈질기게 반대하고 있는 것은, 쌀이 우리들의 양식이라는 물리적 문제에 대한 반발이라기보다는 수백 년 동안 쌀과 함께 쌓아 온 우리의 질곡(桎梏)과 비애(悲哀)의 정서가 그것을 용납하지 못하고 있기 때문일 것이다.

하지만 요즈음 우리 것을 잃어가는 세태는 나를 어지럽게 한다. 우선 집에서 아이들이 밥이나 된장국을 잘 안 먹으려고 하거나, 학교 급식이나 야영장에서 '김치'를 꺼리는 학생들이 나를 서운하게 한다. 또한 추석이나 설날에 호텔이나 콘도 등에서 차례 상을 차려 준다는 소식이 나를 낯설게 한다.

만일 우리 집에 정원이 생긴다면 이팝나무 한 그루를 지주 (支柱)삼아 심고 싶다. 그리하여 자손들 대대로 이 나무가 들려주는, 삶의 최적소화(最適小化)와 신토불이(身土不二)에 관한 고언(苦言)을 들을 수 있었으면 한다.(1996)

진달래의 신생(新生)

　장대(長大)한 태백 줄기가 남으로 남으로 달리다 영일만을 굽어 돌 무렵, 북으로 마주보며 흘러오던 형산강(兄山江)이 목을 축이고 가라고 권유하는 바람에 긴 휴식을 취하고 있는 듯한 곳. 이곳에 위치하고 있는 것이 제철의 도시 포항의 서부 산줄기들이다. 그런데 지금 이 산들은 4년 전 봄 이 일대를 휩쓸고 간 화마(火魔)로 인해 하나같이 거의 벌거숭이가 되어 있는 모습이 특이하다. 그래서 혹 다정다감한 이들이 이곳에 등산이라도 하게 되면 산들의 이러한 모습에 나름대로의 감상을 지니기 마련이리라.

　비록 산과 아주 친해진 편은 못 되건만, 내가 이 산을 간혹

초목은 이렇게 살라 하고

들러본 체험을 통하여 한 가지 느끼는 바가 있다. 재작년 4월 첫째 일요일 아침. 이곳 용흥동으로 이사 온 지 2개월 만에 처음으로 등산을 나갔다. 그간 지척에 살면서도 여태 한 번 오르지 못한 것은 새 학교인 K고등학교에 적응하느라 여유가 없는 탓이기도 하지만, 그보다는 커다란 거울 같은 그 산에 다가서기가 왠지 쑥스럽기 때문이었는지도 모른다.

학교 앞산에 오르니, 산등성이엔 검게 그을린 흔적을 마치 삶의 이력서인양 간직한 고사목(枯死木)들이 적지 않게 늘어서 있었다. 그러나 대부분의 키가 큰 나무들은 벌목꾼들에게 다시금 베어져서 그루터기만 남아 있다.

조금은 애처로운 마음으로 쉬엄쉬엄 걷던 중, 작은 저수지가 내려다보이는 곳에 이르렀을 때였다. 그 황량한 무채색의 땅 위로 생각지도 못했던 빨간 꽃잎들이 돋아나 있는 게 아닌가. 진달래였다. 가까이 다가가 보니 시커멓게 불타서 나지막이 가라앉은 옛 줄기 주위를 감싸며, 옅은 주황빛의 생기 어린 새 줄기들이 돋아났고, 그 줄기들 끝에는 꽃잎들이 살랑이는 아침 바람을 맞으며 신생(新生)의 흥분으로 가늘게 떨고 있었다.

나는 숙연한 기분으로 그들을 한동안 바라보았다. 지난날 이곳에 숲이 무성했을 때 늘 푸르다던 소나무, 매혹적인 꽃향기 속에 감추어진 억센 발가락을 뻗쳐오던 아카시아 등 교목(喬木)들은 소식이 깜깜한데, 그들의 그늘에 가린 설움을 안으로 삭이면서도 관목(灌木)의 다발로 동아리 지어 살아온 두견화(杜鵑花)만이 초연(超然)히 새봄을 맞고 있다니……

이것은 모처럼 등산을 나선 부활절 아침의 신선한 발견이었다. 산을 불태움이 오악탁세(五惡濁世)의 인간 세상에 대한 대자연의 노여움에서 비롯된 것일지라도, 한편으로는 화마(火魔)가 할퀴고 간 황량한 폐허에서 진달래가 부활하는 것을 지켜보면 그저 신비할 따름이다. 그것은 말하자면 이 세상의 성선(性善)적 존재에 대한 초월적 의지를 예비하고, 그에 따른 생명 재생의 빛을 상승시키는 대자연의 자비로움과 지혜로움의 발현 같은 것일까.

어쩌면 이제야 이 산에서 내가 느끼는 부끄러움의 실체를 어렴풋이 확인할 수 있을 것 같다. 그것은 교목(喬木)인양 위로만 쳐다보면서 가족이나, 친척, 그리고 여러 갈래의 벗들과 삶을 나눔이 부족한 채로 힘겹게 살아온 이가 감내해야 할 영

초목은 이렇게 살라 하고

혼의 공허함에 대한 인식 같은 것이랄까. 그것은 애오라지 수직적 흐름에의 깊이와 속도에 지배된 나머지 수평으로 유역을 살찌게 하면서 함께 흐르는 작은 수로(水路)를 형성할 기회를 가지지 못한 냇물의 처지를 연상케 한다.

산을 내리는 동안 문득 언젠가 어느 교육 잡지에서 읽은 구절이 떠올랐다. 낮아지면 높아질 수 있고, 높아지기 위해서는 낮아지는 법을 배워야 한다는.(1995.7.)

'참나무 같은 삶'을 위한 기도
–'중용'을 읽고

삶의 분위기가 어지러움을 느낄 때 사람들은 가끔 자연을
생각하게 되는가 보다. 그것의 소극적 의미는 세속의 일을 잊
고 잠시나마 자연으로 도피해 보고 싶은 것이겠지만, 그보다
적극적인 의미로는 무던한 자연으로부터 삶의 지혜를 배우고
싶은 소망 때문이리라. 그래서인지 내 책꽂이에는 '나무 이야
기', '들꽃 이야기', 혹은 '식물의 신비 생활'과 같은 책이 늘어
만 갔다.

그러는 가운데 올해 상반기 중 내게 가장 가슴에 와 닿는 말
이 '중용(中庸)'이라는 것이었다. 서근석 교수가 쓴 '중용'이란
책에 관심이 간 것도 이러한 연유에서였으리라. 이 책엔 논어,

맹자 등 다른 사서(四書)의 내용과 성리학도 소개되어 있지만, 넓게 보아 중용을 주제로 포괄되고 있다. 그 중에서도 이 책의 중심부는 제2장인 '토인비가 극찬한 실학으로서의 중용'이다.

제2장을 읽으며 우선 '중화(中和)'라는 말에 매력을 느꼈다. 우리의 마음 밭에 희로애락(喜怒哀樂)이 나타나기 이전에는 어느 쪽에도 치우치지 않는 본성 그대로의 '中'이며, 그것이 확실하고 절도 있게 나타남을 '和'라 한다는 것. 그렇건마는 우리 사회에서는 희로애락의 욕구가 '확실하고 절도 있게' 나타나지 못하는 데 문제가 있는 듯하다.

이를테면 우리 사회의 안정과 공동선(共同善)을 해치는 집단이기주의 문제가 그러한 경우일 것이다. 이젠 우리의 기억에서 잊혀 가고 있지만 교원 임용고시제 실시를 두고 국·공립 대학과 사립대학간의 첨예한 대립이 '지성'과는 거리가 있지 않았던가. 또한 일전의 한의사와 약사간의 한약 조제권 다툼도 절도에 맞는 경우(和)라 할 수는 없다. 아니, 국민 건강이라는 공동선을 오히려 담보로 하여 휴업, 혹은 휴진을 결정한 행위는 이성을 잃은 이기적 처사라 하지 않을 수 없으리라. 게다가 성실한 대화가 부족한 줄다리기로 1조 원의 경제적 손실을 냄으로써 급기야 정부의 긴급 조정권 발동에까지 이른 어느 해 현대자동차의 노사 대립도 내 배만 채우려할 때가 공멸(共滅)의 길이었다는 쥐라기(紀) 공룡들의 우(愚)를 망각한 경우가 아니었나 싶다.

공자가어(孔子家語)에는 공자가 주환공(周桓公)의 사당에서 본 그릇 얘기가 나온다. 자유로이 움직일 수 있도록 매달아 설치해 놓은 이 그릇은 세 가지 국면이 있다고 한다. 곧 속이 비면 기울어지고, 적당하게 물이 차면 바로 서고, 가득 채우면 엎질러진다는 것이었다. 그러기에 M.T 키케로 같은 이도 '오래 살 것을 소망한다면 중용의 길을 택하라'고 했건만, '현명한 사람은 지나치고 못난 사람은 그에 미치지 못하기 때문'에, 중용의 도를 알고 지키는 사람이 드문 것을 공자는 탄식했다고 한다.

결국 중용의 도는 실천에 그 요체가 있는 실학(實學)인 셈이다. 그렇다면 이 도를 모범적으로 실천한 사람은 누구였던가. 중용 제6장에서는 '항상 양극단을 잘 파악하여 그 절충안을 마련하여 백성들에게 공정하게 적용'하신 순임금을 귀감으로 삼고 있다. 같은 책 제8장에서는 가난 속에서도 도를 실천함

초목은 이렇게 살라 하고

에 변함이 없던 안회에 대하여 공자는 칭찬을 아끼지 않고 있음을 볼 수 있다. 안회의 삶은 마치 진흙 속에 곱게 피어난 연꽃같은 존재였다고나 할까.

한편, 저자가 별도로 현재 국내에서 중용지도를 잘 실천하고 있는 지인(知人) 두 분을 익명으로 소개하면서 그들에게 선사한 테니슨의 '참나무'란 시(詩)가 내겐 인상적이었다.

> 늙거나 젊거나 / 참나무 같은 삶을 가지라. /
>
> 싱싱한 푸른빛으로 / 봄에 빛나고 여름에 무성하지만 /
>
> 가을이 찾아오면 / 더 고운 금빛이 된다.

계절이 바뀌어도 그에 알맞게 고운 삶을 꾸려가는 것이 참나무의 미덕이 아닐까. 이것은 온갖 변화와 풍파를 겪으며 살아가는 우리네 인생이지만 '중용을 실천함에 있어서 그때그때의 사정이나 주위 환경에 맞도록 적절하게 행동'함으로써 언제나 빛을 잃지 않는 삶에 대한 희구와 예찬이라 하겠다.

일전에 덴마크에서 '중용의 폭동'이라는 책이 총인구의 두 배만큼이나 팔린 적이 있다 하거니와, 이제 집단이기주의와 같은 대립, 혹은 갈등을 대화와 타협의 성숙된 모습으로 지향해 가야할 우리 사회에야말로 중용의 분위기가 확산, 정착되었으면 하는 것은 나만의 바람이 아닐 것이다.

아울러 우리들 각 개인이 진정한 민주시민으로 거듭나기 위해서는 자기 절제와 객관화의 정신, 그리고 자기의 소속이나 직책에 지나치게 얽매이지 않는 공평(公平), 무사(無私)의 자세가 절실히 요청되리라 여겨진다.

책을 덮으면서 난 성심으로 기도하고 싶어진다.

'부디 내 마음의 문을 열어 자연의 날숨소리를 들을 수 있도록 깨어 있게 하소서. 그리고 언제 어떠한 상황에서라도 아무쪼록 육근청정(六根淸淨)하여 보고, 듣고, 생각함에 편벽함과 사특함이 없게 하소서. 그리하여, 늘 참나무처럼 한결같은 중용지도의 삶을 가꾸게 하소서!'(1993)

초목은 이렇게 살라 하고

녹색 우산
─청주 '플라타너스 터널'에 부쳐

　청주시 진입로의 플라타너스 길을 걸어 보고 싶다. 산야에 자욱한 개망초꽃들이 아까시꽃 소녀들의 하얀 미소를 이어받을 때쯤이면 플라타너스들이 이루는 터널은 참 청신한 매력을 머금고 있다. 그래서, 이 무딘 가슴으로도 가장 자연적인 존재로서의 이 숲에 스며 있는 '신의 위대한 환희'를 조금은 느낄 듯하다.

　내가 학업을 위해 청주에 처음 온 것은 3월이었다. 이 가로수 길은 시내와 학교 사이에 있기에, 거의 매일 버스 속에서 청주의 명물을 볼 수 있는 복운을 안게 되었다. 이후 초록 잎들이 넓고 짙어질수록 그러한 행운에 감사하고픈 마음이 깊어져 왔다.

처음에 그들은 훌훌 털어버린 수수한 모습으로 나를 맞아주었다. 그들은 무언가를 조용히 기다리는 사람들 같기도 했고, 또한 기나긴 행군을 하는 병사들의 행렬처럼 느껴지기도 했다. 그들은 늘 속보로만 내 곁을 스쳐 걷고 있었다.

그러면서, 그들은 차만 탈 줄 알았지 같이 한번 걸어주지 않는 나를 원망이라도 하는 듯했다. 근처엔 정류소도 드물어 더욱 신나게 달리는 버스에서 그저 물끄러미 내다보기만 하는 나를 말이다. 어쩌면, 고독의 시인 김현승이 자기들을 동반자로 노래한 시구(詩句)도 못 읽었느냐고 항의하는 것 같기도 했다. 마치 군문(軍門)에서 이등병인 내가, 이백 킬로 행군 시에 지프를 타고 쌩쌩 지나치기만 하는 대대장을 야속하다고 여겼듯이…….

그렇더니 아쉬움 속에 어느새 8월이 다가 왔다. 어느 날 하굣길 버스에서였다. 또 어쩔 수 없이 스스로가 대대장인 양 푼근히 앉아 차창 위로 그들 모습을 쳐다보았다. 나무 하나하나가 꼭 우산, 또는 양산 같다는 생각이 들었다. 줄기는 우산대, 가지들은 우산살, 잎들은 모여 녹색 천을 이루고 있다.

그때였다. 접은 양산을 오른손에 쥔 젊은 아주머니 한 분이 천연스럽게 인도를 걷고 있었다. 빨간 색깔에 회색 체크무늬가 약간 있는 그 양산은 결혼 직전에 내가 기쁜 마음으로 아내에게 선물했던 우산·양산 겸용의 그것 같았다. 푸른 그늘 아래서 차창을 스쳐간 그 빨간색 양산은 참으로 선명한 인상으로 내게 다가왔다. 다음 순간 '엄마의 우산 속이 더 넓어요.'라는 수필이 떠올랐다. 지난해 어버이날 무렵 ㅊ신문에 실린 글이었다. 갑작스레 비가 온 날 학교로 우산을 가져온 엄마와 함께 귀가하던 초등학교 2학년 딸애가 자기 우산을 접고 엄마의 우산 속으로 들어가며 스스럼없이 한 말이었다.

그날 그런 후 만약 그 모녀(母女)가 플라타너스 우산 밑을 지나게 되었더라면 어머니는 무슨 말로 딸에게 응답할 수 있었을까. 조금은 무리한 상상일지 모르나 아마 사려 깊은 그 엄마는 또한 우산을 접으며 '이제 엄마의 우산보다 더 넓은 우산 속을 걷는 거야. 그것은 이 플라타너스 우산, 혹은 녹색 우산이라고나 할까!' 했을지 모른다.

버스는 숲길을 빠져 나와 시내로 들어서고 있었다. 정녕 이곳 플라타너스 숲은, 아니 어쩌면 자연은 엄마의 어머님일 것이다. 격한 감정의 태양에 상할세라 양산이, 우수의 비에 젖을세라 우산이 되어주는 플라타너스들. 그들은 미움과 고움을 가림 없이 도심의 일상에 지친 우리들 아들딸에게 자비의 그늘을 드리우고 있음에랴. 난 짐짓 이렇게 말하고 싶어진다. '자신에게 꼭 필요한 한 권의 책, 그것은 인생의 우산입니다.'라는 신문 광고에, '잘 가꾸어진 초록 숲, 그것은 자연의 우산입니다.'라는 대구를 써넣음 직하다고 말이다.

며칠 후 ㄷ일보의 '생활의 지혜' 란에서 '우산 보관하기'란 기사를 보게 되었다.

"특히 장마철에는 부드러운 솔에 물과 중성세제를 묻혀 잘 닦은 후 찬물로 깨끗이 씻어주어야 한다. 볕이 나지 않을 때에는 마른 수건으로 우산의 물기를 깨끗이 닦아내고 재봉틀 기름 등 기계용 기름을 묻힌 헝겊으로 천과 쇠막대 등을 닦아주면 우산의 수명이 한결 길어진다."

이 기사는 내게 신선한 놀라움을 주었다. 그렇다. 이토록 우산을 정성스레 보살핀다면 그 우산은 깨끗할 수밖에 없으리라. 그런데 그 동안 난 어찌했던가.

'나의 작은 소지품으로서의 우산 하나에도 태만과 무성의를

초목은 이렇게 살라 하고

보여 온 내가 감히 자연의 우산을 얘기할 수 있을까' 하는 부끄러움이 스쳐온다. 그렇구나. 정작 닦아야 할 것은 나의 우산이요, 내 마음의 우산이었다. 그래서 우리들 가슴속에서부터 '비닐우산'이 아닌 견고한 자연의 우산으로 받쳐져야 하는 것이다. 정토(淨土)니 예토(穢土)니 하는 것도 중생의 마음의 청탁(淸濁)인 것을……

이러한 깨달음들이 모이는 한 이 녹색의 파라솔 행렬은 생기를 더할 것이다. 또한 이곳을 지나는 바람은 한결 상쾌할 것이며, 무심천(無心川)도 한층 맑아져 갈 것이다. 나아가 이 녹색의 우산이야말로 이 메마른 세상에 풋풋한 정서를 뿜어내는 분수일 것이다.

조금은 일찍 찾아온 장마의 기세가 한풀 꺾였나 보다. 이제는 양산이기도 한 아내의 우산을 닦아야겠다. 그리고 방학 중엔 꼭 아내랑 딸애와 플라타너스 길을 걷고 싶다. 아주 무더운 날, 한 손에 빨간 양산을, 다른 손엔 딸애의 손목을 잡은 아내를 앞세우며 천천히 걸어야지. 그러면서 우리를 감싸주는 플라타너스 터널, 자연이 시원스레 펴는 녹색 우산을 흔쾌히 우러르고 싶다.(1990)

《초목은 이렇게 살라 하고》

엿보기: 성실한 인생 산책가의 전언

박양근(문학평론가)

우동식 수필가는 자신이 살아온 삶을 돌이켜본다. 늦은 오후 같은 나이에 느끼는 삶의 감회는 남다르다. 모든 사람이 현재와 미래를 바라볼 때면 생활인의 자세를 취하지만 지난 발자취를 뒤돌아보는 순간에는 나그네의 심정이 된다. 생활인이자 나그네라는 신원은 우동식이 가질 수밖에 없는 이중자아이다. 교육자이자 작가로서 잘살았다는 보람과 최선을 다하지 못했다는 아쉬움의 감성을 동시에 떠올린다. 왜냐하면 그는 자신의 삶을 반추하는 시선으로 바라보는 작가이기 때문이다.

문학은 모든 작가의 내면을 비추는 거울 역할을 한다. 이번에 상재한 수필집 우동식의 《초목은 이렇게 살라 하고》도 말 그대로 작가의 정신적 좌표이면서 영혼의 거울이다. 문학이 인생이라고 여기는 그는 문인의 멋 부림을 스스로 거부한다. 속기(俗氣)의 수필 쓰기를 마다하고 신변잡기와 음풍농월을 내몰고 오직 진지한 관조와 명상으로 삶을 자연에 일치시키려한다. 그 결과 자연이 가르치는 지혜의 결정체가 작품마다 영롱한 이슬 같은 언어로 맺혀진다. 25년 전 《월간에세이》로 등단했을 때 "나의 수필은 내 수양(修養)의 화단에 피어나는 소담스런 꽃들이고 싶다. … 더욱 안으로 삭이면서 쉽사리 꽃망울을 터뜨리지 않으리라는 다짐"을 재확인하듯 《초목은 이렇게 살라 하고》는 그의 반려 같은 이미지도 갖는다. 나아가 생활·여행·초목이라는 주제로 나눔으로써 자신을 조명하는 안목을 더욱 넓히고 있다. 그러므로 수필 독자라면 누구나 읽고 싶고, 수필가라면 누구나 쓰고 싶고, 평론가라면 의당 말하고 싶은 농익은 작품집의 결정체를 이루어내었다. 진솔한 작가의 작품일수록 문자향서권기의 아름다움을 발견하는 기회는 보증되고도 남음이 있다.

제1장: 생활의 인식과 발견

수필을 비유하면 삶의 목리나 나이테일 것이다. 우동식은 글을 쓸 동안 거짓이 아닌 진실을, 독자의 인기가 아닌 공감을 얻기를 원한다. 인생의 변곡점에서 내려가야 할 시점을 찾는 모습이 투영됨으로써 그의 수필은 더욱 남달라진다. 인상 깊었던 생의 순간을 담금질한《초목은 이렇게 살라 하고》의 제1부 '겪으며 깨닫고'에는 삶을 반추하는 한 인간의 진솔한 목소리가 향기롭게 울린다. 문진 같은 16편의 글에는 인연으로 엮인 가족과, 지인과의 다가섬과 멀어짐, 만남과 헤어짐이라는 길목이 그려져 있다. 작가가 오래 전의 일을 떠올리는 까닭은 그들과의 만남을 '기억의 편린'으로 남겨 장차 부재할지도 모르는 자신의 일력(日曆)을 새삼 회상하기 위해서이다.

'생활'을 구성하는 스펙트럼은 연륜, 교육, 인륜으로서 소소하지만 의미 있는 일화를 통해 전달된다. 일상적 삶이지만 영혼의 고백이 되어 철학적 논리보다는 질박한 언술로 클로즈업된다. 필요하다면 자신의 모습을 들추어내다시피 고백함으로써 매 작품을 '꽃망울 피는 화단'에 뿌려지는 영혼의 빗줄기처럼 만든다. 그래서 그가 우연히 대면하고 스치는 사람조차 고양된 실존적 의미를 갖는다.

일상생활 속의 재발견을 보여주는 작품이 실린 1부의 '겪으며 깨닫고'가 함의한 내용은 경험과 그 인식이다. 평이한 일상은 감각을 무디게 만들지만 어느 날 갑자기 자신의 변화된 모습을 낯설게 들여다볼 때가 있다. 알게 모르게 달라진 것에 대한 당혹감과 경이로움은 고스란히 자아성찰의 소재가 된다. 대표작 〈뒷모습〉은 탈모가 된 뒷머리를 지켜보면서 앞모습이 아니라 뒷모습이 생의 진정한 거울임을 새삼 깨닫는다.

어쩌면 나의 뒷모습도 감추기 어려운 내 생(生)의 취약성일 수 있다는 걸 깨닫는다. 이제 이순(耳順)의 초입(初入)에 이른 내 삶의 궤적이 뒷머리에 숨어 있는 것이니, 그것을 바라보지 못하는 것은 나의 어리석음이요, 자만(自慢)이 아니던가. 그것은 의식으로든 무의식으로든 감추고 싶었던 나의 '빈틈'이었는지도 모른다.

– 〈뒷모습〉 일부

사람은 앞모습에만 신경을 쓴다. 대중 앞에 나서는 기회가 많을수록 앞모습을 인위적으로 꾸민다. 그러나 '그저 그렇게 존재하는' 본 모습은 뒤에 있으며 그 뒷모양새는 세상에 남겨지는 마지막 자아이다. 뒷모습을 두고 삶에 적절한 '긴장감과 진정성과 겸허함의 가치'를 심어주는 힘이라고 우동식이 풀이하는 이유는 숨김과 드러냄의 상관성을 인식한 작가의 탈일상적 발견이다. 일일삼성 같은 성찰을 견지하는 사람일수록 뒷모습을 항상 자각해야 할 것이다. 학생을 가르치고 동료 교사에게 모범을 보이는 삶이 우동식의 생활이라는 점에서 작품집에 실린 수필이 지닌 공감대는 더욱 주목을 끈다.

뒷모습을 주목하던 그의 시선은 주변 사물로 확대된다. 〈텃밭 삼제 I · II〉와 〈이순(耳順) 이제(二題)〉와 〈실수의 멋〉은 가을 수확 같은 작가의 삶이 반영된 3부작이다. 〈텃밭 삼제 I〉 중에서 '떡잎과 본잎'은 떡잎이 졸아들어야 본잎이 제대로 자란다는 생태 법칙을 통해 부모와 자녀 간에 이루어지는 보호와 성숙의 상관성을 해석해낸다. '적겨자 잎 솎기'는 작은 생채기가 채소에 생기면 먹지 못하듯이 사소한 흠을 제때 다스리지 못하면 후일 심한 후유증을 남긴다는 인간사에 접근한

초목은 이렇게 살라 하고

다. '들깨 수확'은 들깨 꼬투리만 베어 거두면 효과적이라는 해결 방식을 제안한다. 이처럼 작가는 텃밭에서 지켜본 초목의 형상을 의미화 하는 기법을 보여주고 있다.

〈이순 이제(二題)〉는 두 그루의 나무를 소재로 한다. 교장 연수차 방문한 곳에서 공손하게 절을 하는 소나무를 지켜보며 하심(下心)의 처세를 배운다. 다른 하나는 근무하던 학교의 교목인 개잎갈나무를 전지하면서 삶에도 정리해야 할 것이 있음을 살핀 내용이다. 작가는 미물로서의 초목조차 불경보살(不經菩薩)과 발적현본(發跡現本)으로 요약함으로써 자신의 수필을 교육적 함의가 담긴 '팡세'로 변용시킨다. 그는 자연물이 담고 있는 삶의 원리를 찾아냄으로써 교육적 시각과 어울린 지성미를 심화시켜나간다.

그는 분방한 생활에서도 여유 부림을 잊지 않는다. 그에게 여유 부림은 부주의가 아니라 주변을 너그러운 시선으로 수용하는 방식이다. 그의 포용성은 울릉도에 근무할 당시 보았던 주민들의 근면성을 담은 〈오징어 아줌마 예찬〉, 목욕탕에서 자식의 때를 밀어주며 대화를 이어가는 이웃 아버지를 등장시킨 〈조근조근〉, 아내의 심야 외출에서 자신의 무관심을 반성하는 〈역지사지〉, 제사상을 운반할 때도 상의 높이를 방심해서는 안 된다는 신중함을 다룬 〈겪어보지 않고는〉 등에서 나타나는데 모두 인생의 지혜라는 주제로 마무리된다. 〈겪으며 깨닫고〉의 원리를 뒷받침해주는 예시의 작품은 〈실수의 멋〉이다. '인생의 묘미'를 밝히는 가운데 고의적인 실수는 표나지 않게 타인을 배려하는 마음의 여유에서 나온다고 작가는 말한다.

결국 품위를 잃지 않는 '균형 속의 파격'같은 실수가 멋으로 이어지는 것이 아닐까? 모두 가지런한 가운데도 아랫니 하나가 비스듬한 내 앞니의 치열처럼, 일곱 개의 서브 중에 하나쯤은 상대를 위하여 눈에 거슬리지 않게 사이드라인 바깥으로 쳐내는 실수를 할 줄 아는 자만이 인생의 묘미를 깨달았다 할 것이다.

−〈실수의 멋〉 일부

실수가 파격의 미가 될 때 인격적인 매력이 된다는 반전은 우리의 고개를 저절로 끄덕이게 한다. 흠결이 없는 사람이 없다. 그 흠결도 타인에 대한 넉넉한 배려에서 빚어진 실수 때문

초목은 이렇게 살라 하고

이라면 '삶의 수(數)'가 된다고 말하는 작가의 생활철학은 현실에 바탕을 둔 삶의 방정식에 가깝다.

지구상의 모든 만물과 사람은 나름의 존재적 가치를 지닌다. 미물일수록 고유한 가치는 잊히기 쉽고 보여도 쉽게 드러나지 않는다. 수필은 그런 사물에 따뜻한 성찰을 기울이도록 요청받는 장르이며, 우동식은 항상 그 질문에 적극적인 해답을 마련한다.

제2장: 초목의 미학으로서 형상

우동식의 자연관은 범상하지 않다. 그는 나무와 꽃과 풀을 대하면 오감으로 존재성을 포착하여 영적 대화를 꾀한다. 그 갈급한 모습은 마치 인간과 자연과 우주 사이에 흐르는 생명의 맥을 찾는 광부를 연상시켜준다.

왜 그는 자연물에 담긴 의미를 신탁처럼 해독하려고 하는가. 그는 초목을 바라볼 때면 교육자와 가정의 가장과 사회인이라는 신원을 잊어버리고 자연 자체에서 정신적 자양분을 얻으려 한다. 〈책머리에〉 '초목'이라는 항목이 자연스럽게 끼어들고 수필집 제목으로 《초목은 이렇게 살라 하고》라고 붙인 까닭도 서정과 서사가 수필의 본령임을 깨쳤기 때문이다. 제목에 대한 애착은 무엇보다 인품과 작가적 소명감이 가장 잘 반영된 근거라 하겠다.

평자는 작가가 초목에서 삶의 원리를 찾아낸 이유를 알기 위해 그의 이력을 살펴보았다. 경북대학교 사범대학 국어교육학과를 졸업하고 후포고, 경북과학고, 울릉서중 등 주로 영일만 지역에서 국어교사로서 25여 년을 근무하였다. 문예지도와 독서이론에 대한 연구를 거듭하면서 《월간에세이》에서 에세이스트로 추천받아 수필을 쓰게 되었다. 그의 이력에서 주목할 점은 울릉도 등 시골의 자연미에서 벗어난 적이 거의 없다는 사실이다. 이런 주변 환경은 삶을 결정하는 중요한 공간성을 낳고 마침내 수필에서도 소중한 결정인자로 자리한다.

작가는 항상 자신이 초목 가운데 서 있음을 자각한다. 어디를 가든 그곳의 나무와 꽃을 주목한다. 초목이 지닌 역할을 일러주고 이들을 생각하고 행동하는 형상체로 소개한다. 그것은 다름 아닌 선지자이자 분신으로서의 실존성이다. 초목은 자연의 운명에 희롱 당할지라도 작가의 의해 부활함으로써 쉼 없이 운명의 안내자 역할을 할 수 있다. 그것을 작가는 '사람이 나무다'로 요약한다.

> 이렇게 나무가 바람의 세기에 따라 위쪽의 잎, 혹은 가지, 그리고 때로는 줄기까지도 즐기듯 흔들리지만 뿌리만은 흔들릴 수 없다는 단호한 자세를 취하는 생태를 몸소 내 몸의 움직임으로 시연해 보니, 인간도 각자가 어디에 살든 '생명의 실'로 연결된 세상의 풍파(風波)를 유연하게 받으며 사는 한 그루의 나무라는 생각이 실감으로 다가왔다.
>
> ─〈나무 명상을 배우며〉 일부

자신의 몸을 움직여 나무의 형상을 취하는 우동식은 바람직한 삶은 "자유자재로 흔들리면서 흔들리지 않는 나무를 본받는 것"이라고 말한다. 인간이 가진 가치관이 나무의 지혜에서 비롯한다는 인식은 겸손한 자세의 일부이고 나아가 "나는 한 그루의 나무"라는 명제는 3부에 실린 수필들을 '속이 꽉 찬 작품'으로 만들어간다.

우동식의 문체는 함축적 기법을 따른다. 인생사를 직접 설명하기보다는 성격과 기질, 교육자로서의 활동, 나아가 가족 관계조차 초목의 기질에 빗대어 말한다. 언어와 문장도 사물의 앞모습보다 뒷모습을 묘사함으로써 명상적이면서 논리적인 서사를 펼쳐 보여준다.

그 대표적인 예가 〈수수꽃다리 꽃망울처럼〉이라는 수필이다. 제목 자체가 말하듯이 성급하게 개화하지 않는 수수꽃다리 꽃망울처럼 작가 자신도 농익은 작품을 쓰고 싶다고 고백한다. 나아가 등단할 때의 초심을 재인용하는 것도 그의 인생이 완숙한 문학을 닮아가기를 기대하고 대기만성이 최선의 작가의식이라는 것을 믿기 때문이다.

그렇다면 작가의 어떤 실체가 어떤 초목에 비유되는가. 그것을 반영한 작품으로는 중용지덕을 다룬 〈참나무 같은 삶을 위한 기도〉와 삶의 최적화가 바람직하다는 〈이팝나무의 고언〉과 항심(恒心)의 도덕성을 구현한 〈울릉도 산벚꽃〉과 부부애를 강조하는 〈부부송〉을 들 수 있다. 이 작품들은 작가가 실천하려는 생활윤리와 가치를 풀어내면서 작가의 교육론과 인생론을 함께 펼쳐 보여준다.

초목을 다룬 수필 중에서 '알맞고 고운 삶'을 꾸려가는 참나무의 속성을 찬미한 단상은 기도 같은 감화력을 지니고 있다.

책을 덮으면서 난 성심으로 기도하고 싶어진다.

'부디 내 마음의 문을 열어 자연의 날숨소리를 들을 수 있도록 깨어 있게 하소서. 그리고 언제 어떠한 상황에서라도 아무쪼록 육근청정(六根淸淨)하여 보고, 듣고, 생각함에 편벽함과 사특함이 없게 하소서. 그리하여, 늘 참나무처럼 한결같은 중용지도의 삶을 가꾸게 하소서!'

—〈참나무 같은 삶을 위한 기도〉일부

시민으로서의 절제와 공평무사라는 자세가 사회 갈등을 해소하는 단초라는 의식은 이팝나무를 통해 전달된다. 〈이팝나무의 고언〉은 중용이라는 품격에 못지않은 신토불이라는 생활방식으로 안내해준다. 소복한 흰 꽃이 '상추쌈에 싸인 쌀밥'으로 비유되면서 내핍과 절약 생활을 강조하고 삶의 최소화가 어떤 것인지를 일러준다. 이러한 풀이는 선조들의 고언을 겸허하게 경청해야 한다는 논거로 이어진다.

작가의 수필에서 울릉도 초목들은 매우 흥미롭다. 이것들은 그가 섬에서 교직 생활을 할 때 연구한 결실을 보여준다. 예를 들면 울릉도 먹거리 나물을 소재로 다룬 〈섬엉겅퀴 단상〉, 울릉 개척민의 영혼 같아 숙연한 모습을 갖춘 〈말오줌대나무〉, 성숙한 작가정신을 희원하는 마음이 담긴 〈수수꽃다리 꽃망울처럼〉 등은 작가의 인생관을 간접적으로 비춘 작품들이다. 그중에서 〈울릉도 산벚꽃〉은 울릉도에 대한 애정을 고스란히 보여주는 대표작 중의 하나이다. 겨울철 울릉도의 백설 풍경과 봄날의 흰 벚꽃은 겨울에서 봄으로 이어지는 계절의 순환도 제시한다. 작가가 말하고 있는 자연의 질서라는 명제가 인간 사회에도 동등한 의미를 갖는다는 뜻이다.

자신이 지금 할 수 있는 게 있다는 것을 알아서, 하늘로부터 부여 받은 소중한 생명을 철저히 살아가고자 한다. 자신이 종자로서 가지고 있던 모든 것을 표현하는 것, 자신의 본래의 모습으로 꽃 피는 것, 여기에 전심전력할 뿐이다. 그러기에 산벚꽃은 은은한 가운데서도 혼신의 생명력을 뿜어내고 있는 것이리라.

−〈울릉도 산벚꽃〉 일부

초목은 이렇게 살라 하고

작가는 단 한번 피고 지는 산벚꽃을 유심히 지켜보면서 삶의 진실성을 새삼 돌이켜본다. 누구도 흉내 낼 겨를이 없는 삶에는 허식과 허영이 없다는 것이다. 마찬가지로 벽지에서 혼신의 생명력으로 봄을 맞이하는 꽃이 작가에게 던지는 메시지는 '견뎌라'라는 잠언이다. 단아하고 경이에 찬 벚꽃의 개화는 죽음의 불안에 갇히지 말고 '일생동안 단 한번 피고 지는 꽃'처럼 살라는 자기애라고 말한다.

초목에 대한 인생론적 해석은 원근을 가리지 않는다. 교정 구내식당 앞뜰에서 자라는 자귀나무 꽃을 바라보며 '인생의 희비애락을 여과해내면서 곱게 늙어가는, 모시적삼을 입은 할머니'를 떠올리고, 〈녹색 우산〉에서는 청주시 플라타너스 길을 걸으며 우산 모습으로 나무를 분해하고 묘사하며, 〈진달래의 신생〉에서는 화마가 휩쓴 영일만 산자락에서 붉게 피어나는 진달래 관목을 '성선적(性善的)적 존재에 대한 초월적 의지'라고 풀이한다. 이렇듯이 초목에 대한 우동식의 엿보기는 육안에 의한 관찰이 아니다. 남다른 마음의 눈으로 후면 세계를 응시하고 부드러운 인성으로 숨은 인격성을 찾아내는 종합적인 안목을 발휘한다.

그런 가운데 나무들과 공존하고 공생하려는 꿈이 실현된다. 초목과 어울린 만년(晩年)을 맞이하고 종심소욕불유구(從心所欲不踰矩)의 완숙미를 더 없이 이루고 싶은 게 우동식 작가의 꿈이랄까. 꽃을 받치는 잎들의 애타는 울력[完熟]을 듣고 나무의 줄기에서 타협의 중용을 배우려는 경지에 다다라서는 산천초목과 우동식 작가 사이에 오가는 영성마저 고스란히 느낄 수 있다.

해마다 생사를 반복하는 초목에서 인간은 무엇을 배우려할까. 작가는 낭만적 자연주의자가 아니지만 월든 호숫가에서 3년 가까이 살면서 자연을 스승으로 받아들인 미국 작가소로우를 연상시켜줄 정도로 초목 자체를 명상의 표상으로간주한다. 평자는 이런 자연주의가 우동식의 삶과 문학세계를 밝히는 중요한 단서라고 믿는다. 작가는 나무가 인간이며인간도 '희망을 안고 살아가는 의연한 나무'로 여긴다. 이러한생태주의적 철학은 초목에 한정되지 않고 주변의 모든 하소연에 귀를 기울이게 한다. 그 범상하지 않는 상상력 덕분에 우리 독자들은 생의 언저리로 밀려난 생명을 귀중하게 여기면서방관자적 삶을 살지 말아야겠다는 의지를 갖는 것이다. 그만

큼 우동식의 생명 지향의 글쓰기는 21세기 현대수필이 당면한 과제를 성큼 뛰어넘은 성과라고 믿는다.

덧붙여

우동식은 35년이 넘도록 교육계에 봉직하면서 그와 비슷한 문학적 삶을 이어오고 있다. 평자가 교직과 작가의 직분을 함께 거론하는 이유는 그의 수필은 가르침이라는 현장성을 공유하기 때문이다. 이런 결론은 작가의 수필이 심미적 감동과 교시적 지성이 어울린 '팡세'와 유사하다는 점에서 더욱 타당성을 갖는다. 교시성이 바탕이 된 《초목은 이렇게 살라 하고》가 생활·여행·자연이라는 주제로 구분되지만 대부분의 수필이 포괄적인 여행의 개념을 포함하므로 본문을 2장으로 구분하여 분석하는 것이 작품집 구조에 논리성을 부여하고 내용적으로는 작가의식을 보다 분명히 제시할 수 있다고 믿는다. 또한 이런 미학적 조합이 작가의 고유한 수필시학이라고 여긴다.

우동식이 바라보는 인간 사회의 단층은 인연, 사랑, 배려, 달관, 초심 등이다. 존재의 공분모로서 인본주의도 더없이 중시한다. 이처럼 사회의 모순을 경계하는 그의 언술에는 '고르지 않은 삶'을 견디며 살아가는 사람들에 대한 연민과 애정이 넘친다. 그 미덕이야말로 《초목은 이렇게 살라 하고》가 전하려는 작가의 응답의 실체이며 우리 모두가 귀 기울여야 할 그의 전언인 것이다.